書下ろし

詫び状

風烈廻り与力・青柳剣一郎⑭

小杉健治

祥伝社文庫

目次

第一章　疑心

一

初夏らしい陽気が続いていたが、きょうは昼過ぎから南風が吹き荒れた。そのために、風烈廻り与力の青柳剣一郎（あおやぎけんいちろう）は急遽（きゅうきょ）、町廻りに出た。

こんな日に火を出したら、明暦（めいれき）の大火の二の舞になりかねない。

もっとも、江戸で火事が多いのは冬場から春先で、だいたい北西の風が吹きつけるときである。

夏場は冬場と違い火を使うことは少ないが、それでもこれほどの風だと、ひとたび火が出れば、あっという間に燃え広がってしまうだろう。

それに、不注意からの出火より、付け火の恐れもある。こういう強風を利用して火事を起こしてやろうという不心得者がいないとも限らない。だから、剣一郎は風烈廻りの同心礒島源太郎（いそじまげんたろう）と只野平四郎（ただのへいしろう）のふたりと共に、町廻りをし、不審な者の警戒に当たっていたのである。

しかし、勢いのよかった風も、夕方になって弱まり、夜五つ半（午後九時）をまわって、微風程度になっていた。

「ごくろう」

拍子木を打って、火の用心を唱えて巡回していた夜廻りと行き合い、剣一郎は声をかけてねぎらう。

「青柳さま。いい案配に風が収まってまいりました。まずは一安心でございます」

各町ごとに、行き合った夜廻りの連中に声をかけ、堀留町から入り堀を越え、瀬戸物町に差しかかった。

すっかり風も収まり、夜も更けて来たこともあり、遠くに拍子木の音が聞こえるだけで、ひと影はない。

右側に並んでいる小商いの家はどこも戸が閉まっていた。夜四つ（午後十時）を過ぎている。風も収まり、安心して眠りに入ったのだろう。

炭屋の角を曲がって、裏通りに入ったとき、剣一郎はふと違和感を覚えた。何か尋常でないものが目に入ったのだ。

剣一郎は立ち止まって、辺りを見回した。だが、どこにも、異常は感じられない。

「青柳さま、何か」

礒島源太郎が声をかけた。

「いま一瞬、何か目の端に入ったような気がしたのだ。気のせいか」

そう言いながら、剣一郎はもう一度、顔を真正面に向け、さっき目の端に過(よぎ)ったものを思い出そうとした。

右斜め前に、質屋の屋根看板がある。『丸子屋(まるこや)』という屋号で、海鼠壁(なまこかべ)の土蔵造りだ。

剣一郎はその土蔵を眺めた。月はないが、星が瞬(またた)いている。また、微(かす)かに黒い物が動いた。

「屋根だ」

剣一郎は小声で言う。二階の屋根の上、屋根看板の裏手に何者かが潜(ひそ)んでいる。

「よいか、気づかぬ振りして、このまままっすぐ行くのだ」

礒島源太郎と只野平四郎は緊張した顔で小さく返事をした。

「もう、火の心配もあるまい。このまま奉行所に戻ろう」

剣一郎はわざと大声でいう。平四郎も察して、

「はい」

と応えたが、声が喉に引っかかった。

いよいよ、『丸子屋』の前を通り掛かる。

「平四郎。子どもは達者か」

剣一郎はなおもきく。

「はい。元気にしております」

「それはなにより」

行き過ぎてから、ふたりをそのまま先に行かせ、剣一郎は素早く商家の軒下の暗がりに身を潜め、『丸子屋』のほうに戻った。

そして、天水桶の陰から、『丸子屋』の屋根を窺う。

しばらくして、黒い影が動いた。

剣一郎は目で追う。影は裏手のほうに消えた。剣一郎は二軒ほど隣の商家の脇にある路地から、『丸子屋』の裏口にまわった。

その付近にはひと影はない。剣一郎は用心深く、『丸子屋』の裏口に近づいた。そのとき、鋭い指笛が鳴るのと、裏口の戸が微かに開くのが同時だった。

指笛は外にいた仲間が戸の内側にいる者に知らせようとしたのだ。あわてて、内側から戸が閉められようとしたのを、剣一郎はすぐに戸を摑んで強引に開けた。

あっと声が上がった。黒い着物を尻端折りし、黒い布で顔をおおった男が、匕首を抜いて、剣一郎に襲いかかった。

さっと体をかわし、剣一郎は相手の手首を摑んで投げ飛ばした。賊は一回転し、地べたに尻餅をついた。

「盗人か。それとも、押し込みの手引きか」

剣一郎が相手に迫ったとき、剣一郎目掛けて小柄が飛んで来た。

剣一郎は扇子ではじき返し、すぐさま小柄の飛んで来たほうに身構えた。

その隙に、尻端折りの男は素早く立ち上がり、逃げた。

（しまった）

剣一郎はすぐさま扇子を賊に向かって投げた。風を切り、水平に飛んで行った扇子は見事に賊の首筋に当たった。

賊はよろけたものの、体勢を立て直して、塀の角を曲がった。

そこに、礒島源太郎と只野平四郎が戻って来た。

「質屋を頼む。それから、小柄を探してくれ」

そう言って、賊を追いかけた。小柄を探せという意味がわかったかどうか。

賊がさらに角を曲がり、やがて西堀留川に出た。そして、堀沿いを江戸橋のほうに向かいかけたとき、黒い影が近づいて来た。

黒の着流しの武士だ。何か、口ずさみながらやって来た。

〽好きなお方との口舌のあとは、やがて、紅い炎に身を焦がす……

その武士の鼻唄が途切れた。

剣一郎に気がついたのだ。

顔は面長で、目尻がつり上がり、どこか世間をすねたような雰囲気がある。だが、江戸者の匂いがあり、どうやら直参であろうと見当をつけた。紋は、丸に三日月。

「失礼でござるが、いまこちらに男が駆けて来ませんでしたか」

剣一郎は丁重に訊ねた。

「気がつかなんだが」

武士は扇子を半分ほど広げて口に当てたのは、酒の匂いを隠すためだろうか。

だが、剣一郎には酒の匂いは感じられなかった。

「失礼でございますが、差し支えなければ、ご尊名を承りたいのでござるが」

そう言い、剣一郎が付け加えた。

「私は八丁堀与力、青柳剣一郎と申します」

「なるほど。音に聞く、青痣与力でござるか」

武士は冷笑を浮かべ、

「拙者は直参の飯尾吉太郎と申す。ちと、酒が過ぎての遅い帰宅になってしもうた。だが、おかげで、青痣与力と出会うことが出来た。こいつは、縁起がよいわな」

最後は節をつけて言う。

「失礼でございますが、どちらでお召し上がりに」

「そなたに、そのようなことを話す必要もあるまい。それとも、役儀の上とでも申すのか」

飯尾吉太郎は露骨に顔をしかめた。

「いえ、とんでもありません」

剣一郎はよほど刀の鞘を見させてもらおうと思ったが、証拠もなく、迂闊な真似は差し控えた。

それに、仮に、小柄が納まっていなかったとしても、どこぞでなくしたと言い訳されるだけだ。

「青柳どの。また、どこぞで会うこともあろう」

飯尾吉太郎はよろける体を踏ん張るようにして言う。

「失礼です、どこまでお帰りに？」

「本所だ」

武士はお役目以外では外泊は出来ない。真夜中の九つ半（午前一時）までには屋敷に戻らねば、お咎めを受ける。場合によっては、絶家となるのだ。

そのことをどう思っているのか、飯尾吉太郎は、また鼻唄を口ずさみながら、平然と去って行く。

もっとも、本所であれば、九つ半までには帰り着けるだろうが……。

剣一郎はさっきの狙われた『丸子屋』に戻った。

その前に、只野平四郎が待っていた。

「いかがした？」

「はい。『丸子屋』の主人を起こして調べさせたところ、幸い、まだ被害は発生しておりませんでした。どこにも、賊が忍び入った形跡はなく、主人はちょっと不機嫌そうです。屋根の上も調べたいのですが、主人はいい顔をしません」

手抜かりなく、平四郎は調べるべきところを調べようとしたが、丸子屋の協力を得られなかったという。

「青柳さま。これを」

平四郎は懐紙にはさんだ小柄を寄越した。

「うむ。ごくろう」

剣一郎は小柄を受け取った。

平四郎は父のあとを継いで、定町廻り同心を目指している。

腕っこきの同心だった父親譲りで、平四郎も探索にかけては図抜けた才を持っているように思えた。

剣一郎は、小柄を眺めた。小柄に三日月の絵柄。飯尾吉太郎の紋所は丸に三日月だった。

いざというときに、相手を突く目的が主で、小柄は投擲(とうてき)には向かない。それなのに、狙い違(たが)わず剣一郎目掛けて切っ先は飛んで来た。

かなりの腕の持ち主とみていい。果たして、飯尾吉太郎はそれほどの技量の持ち主だろうか。

「ともかく、中へ入ってみよう」

「こちらです」

平四郎は中に招じた。

剣一郎が潜り戸から土間に入ると、『丸子屋』の主人が儀島源太郎といっしょにいた。

「あっ、青柳さま。盗賊が押し込もうとしたそうでございますのは、まことでございましょうか」

丸子屋は疑わしそうな目を向けた。唇の分厚い男だ。いかにも、金に貪欲そうな顔をしている。

「そうだ。狙われていた」

「厳重な取締をいたしておりますので、決して外から忍び込めないはずなのですが」

丸子屋は納得いかないような顔で言う。

「賊が忍び込もうとしたのは間違いない。被害は何もないのだな」

「はい。何もありません」

平然と言う。

「被害がなくてなにより。明日、定町廻りの者を寄越し、改めて調べる。今宵は、もう一度戸締りを確かめて、休むように」

「はい。戸締りはしっかりしていますので、ご懸念には及びません」

言葉は丁寧だが、丸子屋はたたき起こされたことが迷惑そうな様子だった。

剣一郎が外に出たとき、

「しっかり、戸締りをしろ」

と怒鳴る丸子屋の声が聞こえた。

剣一郎は苦笑したあと、改めて懐の小柄を思い出した。

二

翌日、剣一郎は出仕して来た定町廻り同心の植村京之進に、昨夜の件を話した。

「さようでございましたか。じつは、二月前、須田町の蠟燭問屋に押し込みがありました。もしかして、その押し込み一味だったかもしれませぬ」

京之進が苦い表情で言った。

須田町の蠟燭問屋の押し込みも、今回の未遂と侵入の方法は同じ。身軽な仲間が屋根伝いに庭に忍び込み、裏口を開けて仲間を招き入れ、そして、雨戸をこじ開け、屋内に忍び込む。

あとは、刃物で脅して土蔵の鍵を出させて、金を強奪する。その際、手向かう者や鍵を出し渋ったりした者は容赦なく殺す。蠟燭問屋ではふたりが殺されている。

「それを聞くと、返す返すも残念なことをした」

剣一郎は地団駄を踏んだが、

「いえ、でも、被害は防げたのですから」

と、京之進は素直な感想を述べた。

「それにしても、この小柄を投げたものは何者か」

剣一郎は小柄を手にしながら、飯尾吉太郎の顔を蘇(よみがえ)らせた。

あの男、扇子で口の息を隠し、酔った振りをしていたが、酒の匂いはしなかった。

あのとき、『丸子屋』の裏手には押し込みの一味が少し離れた場所で、裏口の開くのを待っていたのだ。剣一郎が裏口にまわったのを、奴らはどこぞで見ていたのだ、
あの指笛は、忍び込んだ仲間に危険を知らせるものだったのだ。

だが、間に合わず、仲間は戸を開けてしまった。それで、仲間を助けるために、小柄を投げた。

その者が飯尾吉太郎だったのか。あるいは、飯尾吉太郎が通り掛かったのは、まったくの偶然だったのか。

「この小柄は預からせてもらう」

剣一郎は自分の手で、この小柄の持ち主を突き止める気でいた。

「どうぞ。では、さっそく『丸子屋』に行ってみます」

植村京之進が言った。

「うむ、あとは頼んだ」

剣一郎が与力部屋に戻ると、見習い与力の坂本時次郎がやって来た。

「宇野さまがお呼びにございます」

若々しい声で、時次郎が言う。

「あいわかった。待て、時次郎」

用件を述べ終えて引き上げかけた時次郎を呼び止めた。

「剣之助は元気にしているそうな。時次郎のことを気にかけていたということだ」

「まことでございますか」

剣一郎の伜・剣之助と時を同じく見習いとなっていた。時次郎は表情を明るくした。

「まだ、いつ帰って来るかわからぬが、いつまでよき友でいて欲しい」

「もったいのうございます。でも、剣之助どのがお元気でいることを伺い、安堵いたしました」

時次郎は声を弾ませて引き上げて行った。

剣一郎の密偵のような役割を務めてくれている文七が、先日、酒田から帰って来たのだ。

意外なことに、剣之助と志乃は、酒田の豪商のひとりである万屋庄五郎の世話になっているという。

すっかり、剣之助さまはたくましくなられておりましたと、文七はまぶしそうに言った。それを聞いて、剣一郎も胸をなで下ろしたのだ。

剣之助への思いを中断し、剣一郎は年番方の部屋に向かった。

黒光りの廊下を行くと、途中、お奉行の懐刀である、内与力の長谷川四郎兵衛とすれ違った。

剣一郎は廊下の端に少し身を避けて会釈したが、長谷川四郎兵衛はつんとした感じで足早に廊下を曲がって行った。

風烈廻りの役職を超えて、数々の事件を解決してきた剣一郎だったが、〝青痣与力〟の名声が高まったせいか、長谷川四郎兵衛にはとことん嫌われているのだ。剣一郎はただ苦笑して見送った。

年番方の部屋に行くと、宇野清左衛門は気難しい顔で剣一郎を迎えた。

といっても、機嫌が悪いわけではない。もともとそういう顔つきなのだ。ただ、しかめっ面が威厳を保つ方法と思っているような節もある。

年番方与力は奉行所全般の取り締まりから、与力・同心たちの監督など行なう。奉行所での最高の実力者であり、与力の最古参で有能な者が務めた。

南町奉行所には年番方与力はふたりいるが、宇野清左衛門が実質的には南町を仕切っているといってよい。お奉行といえど、宇野清左衛門を頼らねば町奉行としての職をまっとうすることは出来ない。

「青柳どの。じつは、またお手前にお願いしたいことがあってな」

宇野清左衛門は切り出した。

宇野清左衛門は剣一郎に絶大なる信頼を寄せている。これまでにも、数々の難事件に対して特別の命令を剣一郎に授けて来たのだ。

「いや。これはお役目とは直接関係ないのだ。だから、少し頼みづらいのだが」

「宇野さまのお頼みなら、なんで厭いましょうか。なんでも仰ってください」

剣一郎が言うと、清左衛門がほっとしたように、

「そう言ってもらうと気が楽になる」

宇野清左衛門はいくぶん表情を和らげた。

「青柳どの、近こう」

「はっ」

剣一郎が膝を進めると、清左衛門も近づいて来た。

「浮世小路にある『とみ川』という料理屋の女将を知っているか」

「はい。あの気っ風のいい女将ですね」

日本橋・室町三丁目の浮世小路の『とみ川』は何度か奉行所の宴席に使ったことがある。

「そうじゃ。その女将から頼まれたのだ」

宇野清左衛門は声を潜めて続けた。

「おむらという女中に、あるお屋敷まで掛け金をとりに行かせたところ、おむらはそれきり店に戻らないという。別な者を使いにやると、おむらは金を受け取って帰った。ひょっとしたら、金を持ち逃げしたのではないかと、相手は言うそうだ。女将は、おむらはそんなことをするような娘ではないと言う」

「はて、面妖でございますね」

女がひとり消えたという。

やはり怪しむべきはその武士だと、剣一郎は思った。

「その武士の名は？」

「南割下水に屋敷のある飯尾吉太郎という御家人だ」

「飯尾吉太郎……」

たちまち、ゆうべのことが蘇った。

「百五十俵三人扶持の小普請組といえども、相手はいちおう直参だ。迂闊な真似は出来ない。まさか、飯尾吉太郎に正面から問いただすわけにも行くまいでな。かといって、ひとりの女が行方不明になって三日になるのだ。捨ててはおけぬ。そこで、青柳どのにお願いしたいのだ」

宇野清左衛門は困惑したように言った。

「わかりました。ひとひとりが行方をくらましているとなれば、見過ごしには出来ません。相手が御家人であろうと、なんとかしなければなりません」

剣一郎は自分自身に言い聞かせるように言った。

宇野清左衛門は、料理屋に上がった際に、女将からその話を聞いたので個人的な依頼だと遠慮しているようだが、これは立派な事件ではないか。

それに、相手が飯尾吉太郎ということが気になる。

「さっそく、『とみ川』に行き、もう一度、事情を聞いてみます」

剣一郎は意気込みを見せた。

「うむ。頼む」

清左衛門は安心したように言い、再び威厳に満ちた顔になった。

昼下がり、剣一郎は数寄屋橋御門内にある南町奉行所を出て、両側に大店が並ぶ大通りを日本橋に向かった。

通町の一丁目から四丁目まで、道幅十間（約十八メートル）の大通りの両側は、書物問屋、塗物問屋などの問屋から、あらゆる種類の商家、問屋が並び、そして、日本橋を渡ると、呉服屋が多くなる。

剣一郎は日本橋を渡って、室町一丁目から三丁目にやって来た。この三丁目に浮世小路があり、その小道を入ると、すぐに大きな料理屋の黒板塀が見える。『とみ川』だ。

剣一郎は門を入り、敷石を踏み、さらに玄関に向かった。

玄関の前で腰から刀を抜き取り、右手に持ち替えて、土間に入った。上がり口を拭き掃除していた女中に声をかけた。

「すまないが、女将さんに会いたいのだが」

顔を上げた女中が、あっと短く叫んだ。

「青柳さまでは。ただいま、呼んで参ります」

雑巾を持ったまま、女中は奥に引っ込んだ。

恰幅のいい女将が出て来た。

「まあ、青柳さま。お久しぶりにございます。さあ、どうぞ」

下膨れの顔に、愛想笑いを浮かべ、女将は腰を折って言う。

「いや。ここでよいのだ。宇野さまから話を聞いてやって来たのだ」

「宇野さまから」

一瞬、女将の顔が翳ったような気がしたので、剣一郎はおやっと思った。が、すぐに、表情を崩し、

「まあ、さようでございますか。青柳さまに乗り出していただけるなんて、ありがたいことでございます」

と、女将は如才がない。

「いちおうは宇野さまから話は聞いたが、もう少し詳しい話を教えてもらいたい」

「やっぱり、ここではなんですから、どうぞお上がりください。話も長くなるといけませぬゆえ」

女将の言い方にひっかかるものがあり、剣一郎は女将の勧めに従うことにした。

「そうだの。わかった」

剣一郎は板敷きの間に上がり、案内に立った女将について、庭に面した小部屋に行った。床の間には山水画の掛け軸がかかり、落ち着いた雰囲気の部屋だった。

「ただいま、お茶を」

「いや。結構。それより、話を聞かせて欲しい」

「はい」

女将は浮かしかけた腰を落とした。

女将がなかなか切り出さないので、剣一郎はもう一度言った。

「こちらのおむらという女中が三日前から姿を消しているとのこと。詳しく話してもらおうか」

そう言ったあとで、剣一郎は女将の目を見つめた。

「は、はい」

女将が戸惑いの色を見せた。

「おや、どうした?」

剣一郎は不審を覚えた。

「いえ、それが、さっき帰って来ました」

「なに、帰った？」

今度は、剣一郎のほうが戸惑う番だった。

「どういうことだ？　行方不明だった女中が帰って来たのか」

「はい。さようで」

「そうか。それはなによりだ。で、おむらはどこで、なにをしていたのだ？」

釈然としないまま、剣一郎はきく。

「それがよくわからないのです」

「わからないとは？」

「はい。おむらも自分がどこで何をしていたのか、覚えていないというのです。まるで、狐に化かされでもしたように」

女将は小首を傾げて言う。

「妙だな」

剣一郎は顎をなでてから、

「おむらに会う前に、姿を現わすまでの話を聞かせてもらおうか」

と、催促した。

「はい。宇野さまにお話をしたことでございますが、お店に、飯尾吉太郎さまというお侍さまがよくお出でになります」

飯尾吉太郎はこの半年前からやって来るようになった。いつもひとりで、ぶらりとやって来るのだという。

「それで」

「はい」

女将は続けた。

「だいぶ付けが溜まっておりましたところ、おむらが屋敷まで取りに来たら、金を払うと仰いました。それで、翌日の昼過ぎ、おむらが本所南割下水のお屋敷まで伺ったのでございます。ところが、夜になっても帰って参りません。夜中を過ぎ、とうとう翌朝になっても帰って来ないので、何かあったのではないかと心配になり、番頭に飯尾さまのお屋敷に行ってもらいました」

女将は細い眉をひそめ、

「そしたら、おむらは金を持ってすぐに引き上げたという飯尾さまのお話でした」

「なるほど。飯尾どのの話を信用するなら、帰り道でおむらの身に何かあったということになるな」

「はい。それで、心当たりのところを、といっても、おむらには隠れてつきあっている男がいるとか、親戚がどこかにいるとか、そういったこともございません。考えられることは、帰る途中で、お金を落としたか、すられたかして、お店に帰るに帰れず、大川にでも、とよけいなことを考え、橋番屋にもひとを遣わせました。でも、身を投げたという知らせもない。悪い男に引っかかったのかと、あれやこれやと考えてみましたが、どれもおむらには似つかわしくありません」

女将は少しためらってから、

「やっぱり、飯尾さまのお屋敷から帰っていないのではないか。それで、奉公人に飯尾さまのお屋敷からの帰り道を調べさせました。ところが、誰もおむららしき女子を見かけた者はおりません。やはり、飯尾さまが何か隠している。そんな気がしたので、今度は私が飯尾さまのお屋敷にお伺いいたしました。でも、飯尾さまは、おむらは帰ったの一点張り」

女将はため息をついた。

「なるほど。それで、たまたま客としてやって来た宇野さまにお話をしたというのか」

剣一郎は口をはさんだ。

「さようでございます。そしたら、どうでしょうか。きょうになって、おむらがひょっこり帰って来たのでございます」

女将は大きな目を丸くして言う。

「しかし、おむらは何も覚えていないと言うのだな」

剣一郎も首を傾げた。

「はい。このようなことってあるのでございましょうか」

女将が薄気味悪そうにきいた。

「うむ。ところで、おむらは集金の金をどうしたのだ。持っていたのか、なかったのか」

「持っておりました」

「なに、持っていた？　飯尾どののつけの分をそっくりか」

「はい。さようでございます」

うむと、剣一郎は顎に手をやった。

話を聞いた限りにおいても、女将が想像するように、おむらは飯尾吉太郎にうまく丸め込まれ、三日間だけどこかに隠れていた。もちろん、つけの金をごまかすためだ。そして、おむらは狐に化かされた振りをして帰って来る。おむらは、お金のことをとんと忘れている。

剣一郎も、その可能性を考えたのだが、おむらは金をそっくり持って帰ってきたという。となれば、剣一郎の想像は成り立たないことになる。

飯尾吉太郎の言い分は正しく、おむらのほうに何か問題があったということだ。

「あいわかった。で、おむらはいるのだな。呼んでもらおうか」

剣一郎は気を取り直して言った。

「はい。すぐに」

女将が部屋を出て行った。

いずれにしろ、おむらが何かを知っているはずだ。

廊下で声がし、女将が襖を開けた。

「おむらを連れて参りました」

女将が若い女を部屋の中に招じた。

おむらは色白の体の大きな女だった。二十二歳になる。

おむらは剣一郎の前に畏まった。顔を俯けたままだ。

「このたびはたいへんな目に遭ったようだな」

剣一郎は穏やかに切り出した。

「いえ、すみません」

おむらは頭を下げた。

「何も謝る必要はない。ただ、ちょっと教えて欲しいことがあるのだ」

「はい」

「三日前に、そなたは本所南割下水の飯尾吉太郎どののお屋敷に集金のために行った。そうだな」

「はい」

小さくて、聞き取れない。

「そこで、お金をもらったのか」

「はい。いただきました」

おむらは顔をちょっと上げたが、すぐに俯いた。

「その金も持って、屋敷を出たのだな」

「はい」

「どの道を帰ったのか、覚えているのか」

「いえ。御竹蔵（おたけぐら）まで来てから、その先のことがよく覚えていないのです」

相変わらず、小さな声だ。

「御竹蔵か」

「はい」

「そこから、どこへ行ったかわからないのか」

「はい。なんだか、頭がぼうっとして」

消え入るような声だ。

「気がついたのは、きょうか」

「はい。大川の土手にいました。左手のほうに両国橋が見えて……」

「そこからは、ひとりでここに帰って来たのか」

「はい」

剣一郎の質問に答えるおむらは常におどおどしていた。

「今になって、何か思い出すことはないか」

「いえ」

「今、気分はどうだ？　頭が重いとか、ぼんやりしているとか」

剣一郎はおむらの顔色を窺うようにきいた。

「いえ、だいじょうぶでございます」

「そうか。おそらく、狐に化かされたのかもしれぬな。まあ、過ぎたことは気にせぬことだ。早く、忘れて、仕事に精を出すがよい。もう、よい」

剣一郎はあえて明るく言った。

「はい。ありがとうございます」

おむらが部屋を出て行ったあと、剣一郎は女将を呼んだ。

「青柳さま。とんだご足労いただいて申し訳ありません。もう一日待っていたら、宇野さまによけいなお話をすることにはならなかったのですが」

女将が恐縮したように言う。

「いや。女将。そんな単純な話ではないかもしれない。ところで、おむらが帰って来たときの様子はどうであったか。髪の乱れや着物の汚れ、あるいは腹を空かしていたり、眠そうだったりとか、そういったことはどうであったな」

剣一郎は細かいことを訊ねた。

「それが不思議なことに、まったくおかしなところはなかったのでございます。腹を空かしていることもなく、着物も汚れていませんでした」

女将はため息をついた。

「そうか。つまり、どこかで食事をし、眠っていたようだな」

「そうですねえ」

「飯尾どのの掛かりは、たいていおむらがしていたのだな」

「はい」

「しかし、おむらに金をとりに来るように言ったのはどうしてなのだろうな。それほど、おむらを信用しているということか」

剣一郎は、相手が飯尾吉太郎だということがひっかかるのだ。

「はい。そうだと思います。でも、女として見ているわけではないと思います」

女将の目に狂いはないだろう。

「うむ。おむらのほうは、どうなのだ？　飯尾どのに対してある感情があるとか」

「さあ。それは、どうなのでしょうか」

女将は小首を傾げたが、

「そんなこともないと思いますが」

と、否定した。

「あいわかった。おむらのことは、以前と変わらぬように接した方がよい。おむらのほうから何も言いださない限り、こっちからは何もきかぬことだ」

剣一郎は注意をした。

「わかりましてございます」

「そうそう、ゆうべ、飯尾どのはここに来られたか」

「いえ、ゆうべはお見えではありません」

「そうか」

それでは、もし、呑んでいたとしたら、ここではないことになる。しかし、飯尾から酒の匂いはしなかった。ほんとうに酒を呑んでいたのか。

「もし、何か変わったことがあれば、なんでも知らせてもらおう」

そう言って、剣一郎は立ち上がった。

『とみ川』を出てから、剣一郎は再び奉行所に足を向けた。

日本橋を渡っても、剣一郎はおむらの不可解な行動をまだ考え続けていた。おむらが空腹ではなかったことや着物が汚れていなかったことなどから、どこか屋内で過ごしていたことは間違いない。

その間のことを覚えていないというのはほんとうか。嘘をついているのではないか。おむらのおどおどとした態度から何かやましさを感じているのではないかと、剣一郎は思わざるを得なかった。

もし、そうだとしたら、なぜ、嘘をつかねばならないのか。やはり、飯尾吉太郎の屋敷で何かがあったのではないか。そのために、おむらは三日間も屋敷から出ることが出来なかったのだ。剣一郎はそう考えた。

飯尾は呑み食いの代金をごまかそうとしたのではない。それはちゃんと払っている。だから、金のことではない。何か他の理由があるのだ。

剣一郎はゆうべの質屋『丸子屋』に忍び込もうとした賊のことを考えた。ひとを不用意に疑うことは慎まねばならぬが、どうにも小柄を投げた主が飯尾吉太郎のような気がしてならないのだ。

押し込み一味の仲間なのか、それともたまたま通り掛かって、あのような振る舞いに及んだのか。

ともかく、飯尾吉太郎のことを調べる必要がある。文七に頼もうと、剣一郎は奉行所に辿り着いたとき、ようやく結論に達していた。

三

三日後の夕方、剣一郎は務めを終え奉行所から屋敷に戻った。

文七が来ていて、るいと縁側で向かい合っていた。

「また、酒田のことを聞いているのか」

剣一郎は妻の多恵にきいた。

「そのようでございますね。剣之助のこともそうなのでしょうが、本間さまのことにいたく興味をそそられたようです」

多恵が苦笑していう。

本間家は酒田の大地主だ。酒田には廻船問屋などの豪商がたくさんいる。そういった話は、文七が酒田に行った際に、剣之助から聞いてきたことだった。

今年の春に、剣一郎は文七を酒田に行かせた。そして、先日帰って来て、文七は酒田での剣之助の様子を知らせてくれたのだ。

そのとき、いっしょに聞いていたるいは目を輝かせていた。

常着に着替えてから、剣一郎は濡れ縁に向かった。

「あら、父上」

幼かった頬の線もすっかり消え、おとなびた娘に成長したるいは、匂うばかりの牡丹のような美しさの顔に、はにかみを見せた。

「また、酒田の話をせがんでいたのか」

剣一郎は笑った。

「いいえ。そうではありません。父上のお帰りまで、文七さんとお話をしていただけです」

るいは黒い瞳を輝かせて言った。

「で、文七から十分に話を聞いたのか。もう、よいのか」

「はい。結構でございます」

るいは文七に顔を向け、

「文七さん。ありがとう。また、聞かせてくださいね」

と言い、剣一郎に一礼して去った。

剣一郎は文七に言う。

「なぜ、座敷に上がらぬ」

「いえ、私はここで」

文七は身分をわきまえ、決して出過ぎた真似をしようとしなかった。

「正月には上がったではないか」

「あれは、年に一度の特別なことでございました。私はここで十分にございます」

文七はいつも庭から来て、濡れ縁に現われる剣一郎と接するのだった。身分など関係ないと説くのだが、文七は頑なに固辞する。それだけ、文七は律儀であり、信頼のおける男だとも言えた。

「おむらの足取りと飯尾吉太郎について調べて来ました」

文七は報告した。

「日本橋室町から、南割下水までの道のり、何人かの者がおむららしき大柄の縞模様の着物を着た娘を目撃しております。ところが、お金を受け取って、すぐに引き返したはずのおむらを見た者は見つかりませんでした。一方、飯尾吉太郎は小普請組。三十三歳で、妻女を五年前に離縁してから、ずっと独り身。身の回りのことは妹がやっていたようです。ただ、その妹は最近は病に臥せっているようですが」

「病？」

「はい。寝たり、起きたりだと」

文七は続ける。

「北川作兵衛という用人と、若党は臨時雇いの男。同じく中間。その他、下働きの下男・下女がいるだけで、何かあれば、臨時に奉公人を雇うというだけのようです」

このことを臨時雇いの中間から聞き出したのだと、文七は言った。

「ただ、あの屋敷は食い詰めたような連中が、ときたま出入りをしているってことです」

文七は聞き捨てならないようなことを口にした。

「どんな連中だ？」

「浪人者もいれば、遊び人ふうの男もいるそうです。屋敷に出入りをしている酒屋にそれとなくきき出したのですが、近頃は金の支払いは滞ったことはないそうです」

「近頃は、というと、以前は支払いが滞っていたこともあったのか」

「はい。取り立てには苦労したそうですが、いまは金払いがいいとのことです。ついでに、札差にも確かめましたが、飯尾吉太郎は大きな借金はないようです」

「だいぶわかった。すまぬが、屋敷に出入りをしているのがどんな男か調べてくれないか。それから、金回りの面を」

「はっ、承知しました」

何の目的で調べるのか、文七は特に訊ねようとはしなかった。いつも、剣一郎の依頼を忠実に実行し、また、剣一郎の探索の目的がわかっているかのように、的確な報告をしてくれるのだ。

「では、私はこれで」

「待て」

行きかけた文七を呼び止めた。

文七が引き返した。

酒田のことをきこうとしたのだが、剣一郎は思い止まった。

「いや、いい。すまぬ」

しばらく、文七は佇んでいたが、ふと思い出したように、

「剣之助さまが、剣術の稽古をしているのを、そっと覗いてみましたが、驚くくらいに腕をあげておられました」

「ほう、腕を」

剣一郎は聞き耳を立てた。

「なんでも、酒田に向かう途中、七ヶ宿街道で、病に苦しんでいた旅の老僧を助けたそうです。その老僧が回復したあと、別れ際に、礼の代わりにある剣技を教えてくれたということで、その技を身につけようと毎日、おひとりで工夫しておりました」

「そうか。剣之助はそこまでたくましくなったか」

剣一郎は目を細めた。

「それでは」

と言い、文七は庭の暗闇に消えた。

剣一郎の心を読み取り、とっさに機転をきかせ、剣之助の話をしたのだろう。文七はそういう男だった。

厨(くりや)の隣の部屋で、夕餉(ゆうげ)をとった。

夜になって、今度は定町廻り同心の植村京之進がやって来た。

定町廻り同心は奉行直結であり、与力の支配下にはないが、剣一郎は奉行の特命を受けて、定町廻り同心の手伝いをすることもあるので、一見、剣一郎と京之進は上役と部下という関係にあるように映る。

もっとも、与力と同心は所属する掛かりとは別に、一番組から五番組まで分かれていて、すべての与力・同心はここに振り分けられている。その中で、剣一郎と京之進は同じ三番組に属しており、その組の中では上役と部下という関係にある。

そういった組織上のこととは別に、京之進は青痣与力と異名(いみょう)をとる剣一郎に対して畏敬(いけい)の念を抱いており、何かにつけて剣一郎を頼って来るのだ。

「夜分にお邪魔して申し訳ありませぬ」

庭に面した部屋で差し向かいになるなり、京之進が頭を下げた。

「何を遠慮するものがあるか」

剣一郎はやさしく声をかける。

「はい。さっそくですが、例の件でございますが」

京之進は顔を上げた。

『丸子屋』という質屋が襲われかかった件のことだ。

「質入れをした客の中から怪しい人間を探しましたが、その中には見当たりませんでした。また、奉公人にも怪しい者はおりません」

剣一郎は頷いた。

「あれから、警戒をしてきましたが、その後、特に怪しいことはありませぬ。また、『丸子屋』のほうも用心棒を雇って、警戒を強めておりますので、もうだいじょうぶかと思いますが」

「そうか。ごくろうだった」

剣一郎の脳裏に一瞬、飯尾吉太郎の顔が掠めた。あの小柄を投げることの出来るほどの手練かどうか。

「それから、青柳さまは覚えておいででしょうか。半年前の廻船問屋『大海屋』、その二カ月後に起きた呉服問屋『生駒屋』の二件の押し込みを？」

「確か、二件とも主人夫婦や奉公人が何人も殺されるという残虐な事件であったな」

剣一郎は思い出した。

「念のために、その事件との関連を調べようとしたのですが、へたにつっついてこちらの手の内を明かすのも癪だと思いまして。ですから、関連は、まだわかっておりません。しかし、あれきり、一味が押し込みをやめたとも思えません。須田町の蠟燭問屋といい、同じ一味ではないかと思われてなりません」

京之進は熱く訴える。

「先のふたつは、北町が探索をしているのだったな」

「はい」

行徳河岸(ぎょうとくがし)にある廻船問屋『大海屋』、横山町(よこやま)にある呉服問屋『生駒屋』は、共に同じ押し込みの仕業と思われた。

二件とも共通しているのは、賊は表戸から入っていることである。あとで、助かった奉公人の話からわかったことだが、武家の装いをした大柄な女が戸を叩いたのだと話した。

つまり、店の者が武家の女だと思って安心して戸を開けると、いきなり賊が潜り戸から押し込んで来て、戸を開けた店の者を容赦なく殺害。そして、主人夫婦を脅して、土蔵の鍵を出させ、金を奪ったあとは、皆殺しにするという非道さであった。

「私が駆けつけたときには、すでに北町が来ておりました」

京之進は悔しそうに言った。

この事件で最初に駆けつけたのが北町奉行所の同心であった。

後塵を拝した南町は事件探索の主導権を北町奉行所に握られたのである。

しかし、そのふたつの事件は解決を見ることなく、今日に至っていた。

町奉行所は、月番と非番の交代制であるが、市中の三廻りはそれに関係なく、任務を続けているのである。

「京之進。先のふたつの事件との関連に目をつけたのは炯眼かも知れぬ」

剣一郎はたたえた。

「確かに、先の二件は女を使っている。そのことは違うが、女を使うという手口は通用しないと考えて、やり方を変えたのかもしれない。あるいは、仲間に身の軽い者が入ったので、侵入方法を変えたとも考えられる」

『丸子屋』を狙った賊も、外で何人かが待機していたのだ。そして、その中に小柄を巧みに扱う者がいた。

「それから、押し込みの中に侍姿の男が混じっていたようです。北町は食いつめ浪人と考えているようですが」

「侍姿の男か」

剣一郎は同じ一味の犯行のように思えて来た。

「京之進。これは、雪辱のいい機会かも知れぬ。心して、当たれ」

剣一郎は励ました。

「はっ」

京之進が引き上げてから、剣一郎は多恵と居間で過ごした。

「私も酒田とやらに行ってみとうなりました」

多恵が笑みを漏らした。

ふたりの子を産んだというのに、多恵は若く、まだ初々しかった。酒田に行ってみたくなったと目を輝かせる表情は娘のようだ。

「そうだの。私が隠居したら、ふたりで行ってみるか」

剣一郎はふと本心からそう思った。

剣之助に与力職の跡を継がせ、自分が隠居した暁には、剣之助が世話になったひとたちに礼をする意味でも、酒田に旅をするのは悪くないと思った。

ことに、万屋庄五郎というひとに挨拶をしたいと思うのだ。

「どうした、何かついているのか」

多恵がじっと顔を見つめていたので、剣一郎はきいた。

「いいえ。隠居だなんて言うものですから」

多恵が苦笑して言う。

「いや。私はまだまだやれる。そんな簡単に隠居などするものか」

剣一郎はそう答えたが、いつかはそのような日が来るのだと、少し寂しくなった。だが、剣之助に跡を継がすことも、自分の大事な役目なのだと思っている。

四

翌日の昼過ぎ、剣一郎は黒の古びた着流しで、浪人笠をかぶって屋敷を出た。

八丁堀の掘割から船に乗り、大川を横断して、両国橋手前の竪川に入り、二ノ橋近くの船着場で下りた。

剣一郎は回向院の境内で文七と待ち合わせ、本所の南割下水に向かった。

御竹蔵の前から、堀沿いの道を行く。

いくつかの角を過ぎてから、文七が小声で言う。

「あそこが、飯尾吉太郎の屋敷です」

屋敷の前を通る。両扉の冠木門は閉じられている。

行き過ぎ、しばらくして浪人とすれ違った。青白い顔に表情がない。細身ながら肩の筋肉が盛り上がっているのがわかる。

「あの浪人は、飯尾の屋敷に出入りをしているひとりです」

文七が耳打ちした。

振り返って見ると、その浪人は飯尾吉太郎の屋敷に入った。

「なるほど。妙な人間が出入りしているようだな」

剣一郎は、ますます飯尾吉太郎に不審を抱いた。

だが、れっきとした直参が押し込みの頭目とは考えられない。いくら、生活の困窮から直参が矜持(きょうじ)を失い、旗本や御家人の不祥事が増えているとはいえ、そこまで落ちぶれたとは思いたくなかった。

「あと、あっしが見ただけで、浪人がふたり、遊び人が三人ばかし。いずれも剣呑で修羅場をくぐってきた雰囲気があります。それに、仕事もしていないのに、金まわりはいいようです」

文七が言う。

「その三人の中で、身の軽い男がいるかどうか調べてくれ」

「畏まりました」

文七と別れ、剣一郎はひとり、飯尾の屋敷に戻った。

冠木門の扉を叩き、案内を乞うた。しばらくして、目つきの悪い男が扉を開けて顔を出した。

「青柳剣一郎と申す。飯尾どのにお会いしたくて参った。お言づけを頼む」

「青柳……」

目つきの悪い男はすぐに奥に引っ込んだ。

すぐに、もどってきて、剣一郎を玄関に案内した。そこに、用人らしい武士が待っていた。

「青柳さまですね。どうぞ、こちらへ」

鬢(びん)に白いものが目立つが、顔の肌艶(つや)はよい。見た目の印象よりは、若いのかもしれない。三十半(なか)ばぐらいだろうか。細身ながら厚い胸を持ち、眼光は鋭い。

「お邪魔する」

刀を預けようとすると、

「どうぞ、そのまま」

と、用人は言った。

剣一郎は玄関の横にある客間に通された。

「どうぞ、しばらくお待ちください」

用人が去って行った。

しばらくして、飯尾吉太郎がやって来た。酒の匂いがした。

目の前に、飯尾吉太郎は尻餅をつくようにあぐらをかいた。

「失礼。客が来ていて、少し呑んでいるのでな」

飯尾吉太郎はそう言ったあとで、

「そういえば、青柳どのと会うときは、いつも酒が入っているときだな」

と、高笑いをした。

「ですが、この前は、ほとんど酒の匂いは感じられませんでしたが」

剣一郎が言うと、飯尾吉太郎は一瞬、表情を変えた。

「青柳どの。わしに何か用なのか」

飯尾吉太郎は鋭い目を向けた。

「浮世小路にある『とみ川』という料理屋をご存じでしょうか」

「なに、『とみ川』だと」

飯尾吉太郎は目を細めて剣一郎の顔を見つめ、

「いかにも、知っておる。それが、どうかしたのか」

「そこの女中のおむらのことです」

「おむらがどうかしたのか」

「飯尾さまのお屋敷に出向いた日から三日間、姿を晦ましていたそうにございます」

「うむ。確かに、番頭がそんなことを言っていたな。それが、どうした？」

「いまだに、おむらが三日間、どこにいたのかわかりません。それで、飯尾さまにお訊ねすれば何かわかるやもしれないと考え、こうしてお訊ねに参った次第」

「料理屋の女中のそんなことで、青痣与力が乗り出すのか」

「いえ。きょうの私は非番であり、このような形で来たのも、役儀とは別だからでございます」

「なるほど。では、青柳どのは個人的に『とみ川』の女将から頼まれたと言うのか」

「さようでござる」

「なるほど。しかし、残念ながら、お門違い」

飯尾吉太郎はあっさり言った。

「なぜで、ございますか」

「おむらという女中は確かに当家にやって来た。だが、金を受け取って、すぐに引き上げたのだ。その後のことは、わしの知ることではない」

「そのときの、おむらの気振りから、何か察せられませんでしたか」

剣一郎は執拗にきく。

「わかるわけはない」

「これから、どこかへまわるとか話していませんでしたか」

「いや、ないな」

そう言ったが、ふと飯尾は口元を歪(ゆが)め、

「そう言えば、これからどこぞへまわって帰るようなことを申しておった。だが、どこへ寄ると言ったのか、覚えてはいない」

「誰かと会うつもりだったのでしょうか」

「そうかもしれぬな。若い娘のことだ。好きな男に会いに行ったのではないのか」

「私もそう思っているのですが、女将の話では、おむらにそういう男はいないということなのです」

「女将が気づかないだけだろう」

「そうですね。ところで、飯尾さまは、どうしておむらを屋敷にこさせたのですか」

「あの店にだいぶつけがあったのでな。それをとりにこさせたのだ」

「なぜ、おむらに？」

「たまたまだ」

飯尾は面倒くさそうに言う。

「まったく、不思議なことがあるのです。失踪している三日間、おむらは食事も睡眠もとっております。つまり、ふつうに暮らしていたようです。なのに、おむらはその間のことをまったく覚えていないというのです」

「うむ。奇妙な話だ。だが、この世には奇妙な話は多い。狐につままれた話はよく聞く。おむらも、その口ではないのか」

「そうですね」

剣一郎は素直に頷き、

「そうそう、忘れておりました。これは、飯尾さまのものではありませぬか」

と、懐から懐紙に挟んであった小柄を取り出した。

飯尾吉太郎の目が鈍く光った。

「違うな。だが、どうしてわしのものだと思うのだ？」

「じつは、先夜、飯尾さまとお会いしたあと、西堀留川の河岸で拾いましたので、ひょとしたらと思ったのでございます。それに、三日月の絵柄。三日月といえば、飯尾さまの紋にも三日月が？」

「わしのではない」

「そうですか。失礼仕りました」

微かに、笑い声が聞こえた。

「楽しそうですね」

「酒を呑んでいるのでな。冗談を言い合っているのだろう」

飯尾吉太郎は口元を歪めた。

全員が集まっているかわからないが、大勢いるようだ。その中に、先夜の賊がいるかもしれない。手首をひねっておいたので、その痕跡がある。このまま、その場に飛び込んでいって、仲間を見てみたいと思ったが、そこまでの無茶は出来なかった。

心を残しながら、

「それでは失礼いたします」

と、剣一郎は立ち上がった。

部屋を出るとき、

「青柳どの。近々、一献傾けたいがおつきあいしていただけるかな」

と、飯尾吉太郎が不敵な笑みを浮かべて言った。

「喜んで」

剣一郎が応じたとき、飯尾の目が鈍く光ったのを見逃さなかった。

用人に見送られて、玄関を出た。門に向かう間、射るような視線を感じた。

何者かがずっと見つめているのだ。

剣一郎は門を出てから、編笠をかぶった。

掘割を歩きながら、剣一郎は背後に目を配る。やはり、門から誰か出て来て、こっちの様子を窺っている。

ちゃんと屋敷から離れるか、見届けるつもりなのだろう。

回向院前までついて来たが、剣一郎が両国橋を渡りはじめたときにはもう姿を消していた。

やはり、あの屋敷は何かの溜まり場になっているようだ。

博打(ばくち)か。いや、そういう雰囲気ではない。

両国橋を渡っていくと、川風がさわやかに吹きつけた。

その翌日の夕方だった。剣一郎が奉行所から帰ると、飯尾吉太郎からの使いの者がやって来た。

中間ということだが、どこか崩れた雰囲気がある。口入れ屋から紹介で奉公している渡り中間かもしれない。

剣一郎は玄関で応対した。

「主人が申すには、明日『とみ川』にてお会いしたいということです」

そう言い、使いの者が手紙を差し出した。

そこには、同じことが書かれていた。

明日の夜、『とみ川』でお会いしたい、と。

「承知しましたとお伝えを」

剣一郎はそう返答した。

さっそくの誘いだった。

部屋に戻ってから、剣一郎は飯尾吉太郎の呼び出しの意味を考えた。『とみ川』を指定してきた。

女中のおむらの件があるからなのか。

おむらの件も不思議だ。やはり、おむらは空白の三日間を飯尾の屋敷で過ごしたのではないかという疑いは消えない。

そうだとしたら、おむらは何をしたのか。まず、考えられることは、あの屋敷にたむろしている連中の食事の世話などである。

飯尾吉太郎は妻と離縁しているので、その後のもろもろの面倒は妹がみていたのであろう。だが、その妹が病気になった。

そのために、おむらの手を借りた。そのように考えることが出来る。しかし、そのことを隠さなければならないのは、たむろしている連中のことを秘さなければならないからかもしれない。

夕餉をとったあと、るいがやって来た。

「父上」

「なんだ」

近頃のるいはどんどん変貌を遂げて行く。すっかり、美しい蝶に変身したような娘をまぶしく眺めながら、るいの口が開くのを待った。

「兄上が酒田にいる間に、私も酒田に遊びに行くことは出来ませんでしょうか」

しばらく口を半開きにしたまま、剣一郎は声が出なかった。

「何を言い出すかと思ったら」

ふうと太い息を吐いてから、剣一郎は言う。

「酒田は、江戸の郊外に行楽に行くのとわけが違う。何日も旅をしなければならぬ。剣之助たちは、奥州街道を郡山(こおりやま)、二本松(にほんまつ)と過ぎ、桑折(こおり)というところから奥州街道を外れ、七ヶ宿街道を通り、米沢(よねざわ)に出て……」

剣一郎は長旅になることを話した。

「船はいかがですか。文七さんの話では、西廻り海運と東廻り海運があって、江戸とも結んでいるとのことにございます」

「ばかな。船は物資を運ぶもの。酒田から出た船が品川沖に着くに要する日数は、風待ちなどもあって、ひと月からふた月以上もかかることもあるのだ。そなたが考えているような気楽な旅にはならぬ」

「無理なことはわかっております。ただ、ちょっと言っただけにございます」

るいはいたずらっぽく笑った。

「なに、父をからかったというのか」

「いいえ、父上と酒田のお話をしたかったのでございます。だって、父上は私が酒田の話をしようとすると、すぐに話題を変えてしまわれていました」

「それは……」

剣一郎は返答に詰まった。

酒田の話になれば、剣之助のことに思いが行き、剣之助に早く会いたいという気持ちを抑えがたく、つい女々しい自分をるいの前にさらけ出してしまいそうなので、あえてその話題に触れないようにしていたのだ。

「父上。酒田湊の賑わいってどれほどのものなのでしょうね」

るいが目を輝かせて言う。

「そうよな」

剣一郎も素直に酒田に思いをはせた。

「西の堺、東の酒田と呼ばれるほど町人が町政を司る自由な町のようだ。それだけ、交易が発達し、湊が栄えているのだ。だから、町人の力が強いのであろう」

堺の会合衆と呼ばれるものと似た、三十六人衆と呼ばれた長人が町政を担っている。それを聞いただけでも、自由で活発な町という想像が膨らむ。

「ねえ、父上。文七さんから、即身仏の話を聞きました？」

るいは目を爛々とさせて言う。

「いや」

「忠海上人という僧は木食行者になり、のちに湯殿山仙人沢に千日の参籠をして、お亡くなりになってから、遺言によって遺体を即身仏として、海向寺の即仏堂に安置されているんですって」

「るいは、そのようなものに興味があるのか」

剣一郎は呆れてきく。

「いいえ。でも、とてもすごいお話じゃありませんこと。酒田の豪商のお話も面白いですし、酒田にはとても興味があります」

　るいはさらに言う。

「松尾芭蕉も酒田を訪れているのですよね」

　芭蕉は元禄二年（一六八九年）三月に江戸を発ち、六月十日に鶴岡に入り、そこで三泊したあと、川船で下って酒田湊に着いたのである。芭蕉は、庄内藩主酒井家のお抱え医師の家に迎えられた。

「酒田にも多くの宗匠がいたのでしょうね。きっと大商人が多いから、経済的な援助をしていたのでしょうか」

　るいが夢中で一方的に語っている。そのうち、剣一郎にも、るいのほんとうの心が見えてきた。

　そうか。るいは酒田の話題にこと寄せて、剣之助の話をしたいのだということに気づいた。

「るい。剣之助も酒田で懸命に頑張っているようだ。いずれ、江戸に帰れる日もこよう」

「それは、いつ頃でございますか」

　るいの目が真剣味を帯びた。

「小野田どのも、なるたけ早く戻れるように手を打っている」

志乃の父親の小野田彦太郎と先日、会ったとき、上役の脇田清右衛門の怒りもだいぶ収まってきていると言っていた。

志乃は脇田清右衛門の伜清十朗との婚儀を控えていたのだ。それを、剣之助が攫っていった。

脇田家も、清十朗の恥になることなので表沙汰にしなかったが、脇田清右衛門の怒りは尋常ではなかった。

だが、一年近く経ち、ようやくその怒りも鎮まってきたという。それというのも、清十朗に新たに婚儀の話が出ているからのようだ。

「それをお伺いして、安堵いたしました。早く、お帰りになられるよう、私も祈っております。いえ、兄上は男ですから、どのような困難にも打ち勝つ強さもございましょうが、志乃さまのことを考えると、おいたわしいと」

るいは瞳を潤ませて言った。

「志乃どののことは、剣之助が必ず守るはず。剣之助を信用して待とうではないか」

「はい」

るいは明るい声で返事をして去って行った。

濡れ縁に出て、空を見上げると、月がちょうど雲間から顔を出した。

五

翌日の夕方、剣一郎は奉行所からいったん八丁堀の屋敷に帰り、着替えてから、室町三丁目浮世小路にある『とみ川』へ出掛けた。

『とみ川』の玄関に入ると、女将や女中が並んで待っていた。

「青柳さま、いらっしゃいませ」

女将が辞儀をして迎えた。

「今宵は飯尾どのと約束した」

「はい。飯尾さまはお見えでございます」

「なに、もう見えているのか」

剣一郎は女将の案内で、奥座敷に向かった。

今宵は月はなく、庭も暗い。

「お見えになりました」

女将が腰を落として障子を開けた。

女将に刀を預け、剣一郎は部屋に入った。

床の間を背に、飯尾吉太郎が座って、仲居を相手にもう酒を呑んでいた。

「お招きにより、参上いたしました」

剣一郎は挨拶する。

「青柳どの。よう参られた」

飯尾は上機嫌で声をかけた。

「さあ、酒を持ってまいれ」

飯尾の声に、酒が運ばれて来た。

「さあ、青柳さま」

女将が銚子（ちょうし）を持った。

「すまない」

剣一郎は猪口（ちょこ）を差し出した。

「女将。おむらを呼んでまいれ」

飯尾がいきなり言った。

「おむらでございますか」

女将は表情を曇らせた。飯尾の魂胆を察したのであろう。

「飯尾さま。おむらを呼ぶ必要はあるまいと存じますが」

「いや。青柳どのは、このわしがおむらをかどわかしたと疑っておる。おむらの口からはっきりさせる必要がある」

「飯尾さま。あれは、おむらが狐につままれたものでございます。どうか、そのことは水に流していただきとう存じます」

女将がとりなすように言う。

「女将。青柳どのとて、おむらを呼んで欲しいと思っているはず。そうであろう。いや、隠してもだめだ」

そう決めつけ、飯尾は女将に連れて来いと無理強いをする。

困惑した顔を向け、女将は剣一郎にどうするか目顔できいた。

「飯尾さまの言うように、おむらをこれへ」

剣一郎はやむを得ないと思った。

「青柳さまが仰るのなら」

女将は近くにいた仲居に命じた。すぐに、仲居は部屋を出て行った。

剣一郎をここに呼んだ飯尾吉太郎の意図はそこにあったのか。剣一郎は腹の内を探るように、飯尾に顔を向けた。

「飯尾さまは、ここに来るときは、いつもおむらを呼ぶのですか」

　剣一郎はきいた。

「いや。わしはいつも気ままに呑む。芸者を呼ぶ場合もある」

　ふいに飯尾吉太郎は含み笑いをした。

「青柳どの。芸者を揚げて呑む金が、貧乏御家人によくあるな、という疑いをお持ちのようだな」

　まるで、剣一郎の心を読んだような言い方をしたが、はじめからそう言うつもりだったのだろう。

「よくおわかりで」

　剣一郎は言い返す。

　ふんと、飯尾は笑い、

「父祖の代からの宝物を売っているのだ。わしの祖父は刀剣、鎧(よろい)、兜(かぶと)などたくさん、持っていた。いまや、そのようなものを使うような時代ではない。それで、道具屋に売り払ったというわけだ。すると、思いがけぬ高値で売れてな。それがのうては、女将に追い返されていたわ」

　そう言い、飯尾は口元を歪めて笑った。

「おむらが参りました」

女将の声に廊下に目をやると、おむらが身を縮めて畏まっていた。

「おむら。ここへ来い」

飯尾吉太郎が呼ぶ。

女将に急かされ、おむらは泣き出しそうな顔つきで飯尾の傍に寄った。

「おむら。この青痣与力がな、おまえがいなくなっていた三日間、わしがおまえを屋敷に監禁して弄んでいたのではないかと疑っているのだ。そんな疑いを向けられては、わしばかりでなく、おむらにも気の毒。それで、青痣与力の誤解を解いてやろうとして、おまえを呼んだのだ」

「飯尾さま」

剣一郎は静かに口をはさんだ。

「今の飯尾さまのお言葉の中に、誤りがありましたので、手直しさせていただきます」

「なに」

剣一郎は飯尾吉太郎のずるい手を見抜いた。

「私は、お屋敷に監禁して弄んだとは言っておりませんし、思ってもいません。ただ、おむらが、三日間、飯尾さまのお屋敷にいたのではないかと疑っただけです。そこで、何をしたかは、私にはわかりません」

「だがな、青柳どの。若い女が三日間もわしの屋敷にいたとしたら、わしがおむらを弄んでいたのではないかという疑いを持つのは無理からぬこと。そうではないか」

飯尾吉太郎は鋭い視線を剣一郎に向けた。

「いや、飯尾さまはそのようなことをなさる御方とは思えません。それに、そうだとしたら、三日間で帰すことも理解出来ません。それより、病気の妹ぎみがいらっしゃるとのこと。諸々のことを思いめぐらせても、それは考えられません」

飯尾は渋い顔をした。

「ですから、それ以外の目的で、おむらが飯尾さまの屋敷にいなければならぬ事情があったのではないか。そう思ったのです」

剣一郎はおむらに顔を向けた。

「おむら。せっかく、飯尾さまがおむらの空白の三日間をはっきりさせようと仰ってくださる。もし、何らかの口に出せない事情があったのだとしても、もうその心配は不要だ。正直に申せ」

おむらは体をぴくりとさせて、それから飯尾吉太郎をちらっと見た。

「もうよい。おむら、行ってよいぞ」

いきなり、飯尾が大声を出した。

「おむらを弄んだなどという疑いが持たれているのでなければ、わしはどうでもよいこと。おむらも、過ぎたことをほじくり返されたくもないだろう。女将の言うように、おむらは狐につままれたのだ。そうだな、おむら」

「はい」

おむらは身をすくめて頷いた。

剣一郎は飯尾とおむらの間に目に見えぬ何かが交わされたのを感じ取った。やはり、おむらは飯尾の屋敷にいたのだと確信した。

だが、その理由はわからない。ただ、考えられるのはあの屋敷にたむろしている怪しげな者たちのことだ。

何らかの事情で、あの者たちの面倒を見なければならなかったのではないか。病気になった妹に代わって、おむらがその役を負わされた。

だが、わからないことがある。なぜ、そのことを隠さねばならないのか。そこに、あの押し込みとの関連が……。

いや、そこまで考えるのはよそうと、剣一郎は自戒した。証拠はないのだ。

「青柳どももよいな」

飯尾が有無を言わさぬようにきいた。

「私は構いません」

「よし。女将、おむらを連れて行け」

飯尾が言う。

女将は一礼し、おむらに声をかけた。

おむらは逃げるように去って行った。

「とんだ座興であった」

飯尾が口元を歪めて笑った。

それから、飯尾吉太郎はさんざん酒を呑んだ。だが、酔いつぶれるようなことはなかった。

「青柳どの。武士の権威も地に堕ちたとは思わぬか。本所界隈の武家屋敷を見てみろ。満足な家来など雇えぬ。格式など保つことは出来ぬ。直参とは申せ、貧しい暮らし。武士とは貧苦に堪えることであるか。武士の矜持だけでは飯は食えぬ」

飯尾が愚痴を続ける。

「この『とみ川』でも、芸者を揚げて大きな顔をして遊んでいるのは商人ばかりだ。

もっとも、八丁堀の者たちはいろいろ付け届けがあるので潤っているのだろうがな」

「確かに、今の武士のあり方は尋常ではありませぬ。このままでは、武士の志気にも影響を与えましょう。しかし、武士のほうにも問題がないとは言えません」

「ほう、問題だと。それはなんだ」

「傲りでありましょう」

「傲りだと」

「武士は町人より上だという意識。そのことが、武士の考えを硬直させているように思えます」

剣一郎は飯尾を怒らせようとした。だが、飯尾は剣一郎の意図を察したのか、挑発には乗って来なかった。

「そのとおりかもしれぬな。武士の体面。そのことこそ、元凶だ」

そう言い、飯尾はぐいと酒を呷ってから、

「ところで、青柳どの。その頬の痣はいったいどうしたというのだな」

飯尾吉太郎は無遠慮にきく。

「若いときに受けた刀傷の跡です」

「ほう、刀傷」

にやりと、飯尾は笑った。

「押し込みの賊とやりあったのかな」

「まあ、そのようなところです」

「それが、今や南町に青痣与力あり、というほど世間にその痣が浸透しているというわけか」

「飯尾さま。少し、お酔いになられたのではありませぬか」

女将が少しうろたえたように口を挟む。

「なに、わしが酔ったと申すか」

飯尾はにやりとし、

「わしは、このぐらいの酒では酔わぬ。今宵は、青痣与力と酒を肴に語らっておるのだ。もっと、酒を持って参れ」

剣一郎は、飯尾の言動に不審を覚えた。確かに、飯尾は酔っているようにふるまっている。だが、ほんとうに酔っているのか。

目の輝きはふつうだ。剣一郎には、どうも酔ったように装っているとしか思えないのだ。だが、なぜ、そんな真似をしなければならないのか、そのわけがわからなかった。

そもそも、飯尾がこの『とみ川』に呼び出した理由からしてわからない。なぜ、『とみ川』だったのか。

おむらの件に絡んでのこととも思ったが、どうもそれが主目的ではなかったらしい。

飯尾吉太郎という男、いまのところ、とらえどころがない。

その後、さんざん管（くだ）を巻いて、何度か引き上げようとしたのを引き止められた。そのうちに、あくびをしばしばして、向こうむきに横になってしまった。

「飯尾さま」

女将が呼びかけるが、飯尾は軽い鼾（いびき）をかきはじめた。

「いま、何刻かな」

剣一郎は女将にきく。

「さきほど、五つ半（午後九時）の鐘を聞きました」

「もう、そんな時間か」

剣一郎は苦笑してから、

「飯尾さま。お先に失礼いたします」

と、鼾をかいている飯尾吉太郎に声をかけた。

わかったのか、偶然なのか、いっとき鼾が止まったが、再びはじまった。

剣一郎は鋭い目を、飯尾吉太郎の背中に当てた。飯尾は背中に、神経を集めている。そんな気がした。

「女将。飯尾さまが起きられたら、よろしく伝えておいてくれ」

そう言い、剣一郎は立ち上がった。

玄関で、剣一郎は女将に言った。

「勘定だが、私のぶんは私につけるように」

「いえ。飯尾さまから、きょうはすべて自分につけるようにと言われておりますんで」

女将があわてて言う。

「いや。それは出来ぬ。飯尾さまが何か言ったら、男と男のつきあいだからと申していたと伝えてくれればよい」

奉行所につけをまわすわけにはいかない。

剣一郎は『とみ川』を出た。

少し、酔ったようだ。悪酔いしたかと、剣一郎は苦笑するしかなかった。

おそらく、今ごろは起き出して、飯尾は呑み直しているのかもしれない。

犬の遠吠えが、夜陰に響く。

西船堀川沿いを行き、先夜、飯尾吉太郎と出会ったときのことを思い出しながら、江戸橋を渡る。

渡り切ったところの暗がりに、黒い影が動いた。

剣一郎はそのまま行き過ぎる。背中に、視線を感じた。が、いつしか気配は消えた。


多恵の声で、剣一郎は目を覚ました。

「植村京之進さまがお見えです。報告だけだということです」

空はようやく白みはじめていた。

剣一郎はすぐに玄関に向かった。

羽織姿の京之進が無念そうな顔で待っていた。

「このような時間に申し訳ございません」

「構わぬ、何があったのか」

「はっ。『丸子屋』が襲われました」

「なに」

「主人夫婦、それに番頭が殺され、七百両が盗まれました」

「あの亭主が殺されたのか」

強欲そうな丸子屋の顔を思い出し、

「用心棒はどうした？」

と、剣一郎はきいた。

丸子屋は、用心棒がいるからと安心しきっていた節がある。

「それが、ふたりのうち、ひとりは斬り殺され、もうひとりはいち早く逃げ出したようです」

「そうか」

剣一郎はふと違和感を覚えた。その正体にすぐ気づいて、京之進に確認した。

「『丸子屋』のほうは誰がいるのだ」

京之進自ら知らせに来るのが不自然だ。当然、京之進は『丸子屋』でやることがたくさんあるはず。こういう場合、いつもなら、京之進は手下を使いに寄越すはずだ。

「青柳さま。じつは、北町が先に……」

「北町が？」

「はい。私が聞きつけ、駆けつけたときには、すでに『丸子屋』には町廻りだけでなく、北町の与力も到着し、検死も済んでおりました。我らはすべて後追いでしかありませんでした」

「そうか。なぜ、こうも北町に先を越されるのか」

半年前からの二件については、ひとつは、北町の同心が夜廻りで偶然に見つけ、もうひとつも北町の同心から手札をもらっている岡っ引きがたまたま押し込みのあとに、その場所を通り掛かって見つけたのであり、運がよかったということである。

だが、今回もまた北町が先に到着している。

「妙だ」

剣一郎は納得出来なかった。

とくに、今回のことは納得出来なかった。『丸子屋』のある瀬戸物町の近くに、京之進が手札を与えている岡っ引きの住まいがあったはず。自身番に詰めている者も、事件を知れば、その岡っ引きに連絡するのではないか。

そのことを問うと、京之進は渋い顔で、

「それが、自身番も『丸子屋』の騒ぎは知らなかったようです。北町が押しかけてきて、はじめて騒ぎを知ったというのです」

「こいつは何かあるな。よし、ご苦労だった。ともかく、朝餉をとってから、『丸子屋』に行ってみる。そなたは、北町がどうしていち早く事件を知ったのか、北町の人間から聞き出してくれ」

剣一郎は不思議に思いながら言った。

剣一郎は『丸子屋』にやって来た。

すでに、北町の人間は引き上げており、検死も終わって死体は片づけられていた。

主人夫婦の亡骸(なきがら)は奥の部屋に寝かされ、親しい者の弔問(ちょうもん)を受けていた。

番頭の亡骸は納戸部屋にひとりで寝かされていた。用心棒の亡骸は、引き取り手を待つためか、物置小屋に運ばれていた。

主人夫婦、番頭、そして、浪人の死体を調べた。刀で、心の臓を一突きされていた。

裏口の戸が開いていたという。この前の賊だと、剣一郎は直感した。

大胆にも、一度失敗したところを再度狙ったのだ。

剣一郎は、手代から賊が押し入ったときの様子を聞いた。

ゆうべはちゃんと戸締りをしたという。雨戸をこじ開けて屋敷内に侵入している。

「寝入ってから、しばらくしていきなり覆面の男たちが押し入って来たのです。いきなり、番頭さんが殺され、わたしたちは震え上がってしまったのです。あっという間に後ろ手に縛り上げられ、さるぐつわをかまされて、奥の部屋に押し込まれました」

手代は声を震わせながら恐怖を語った。

「主人夫婦の様子は？」

「いえ、まったくわかりません。ただ、しばらくしてから旦那と内儀さんの悲鳴が聞こえ、もう生きた心地がいたしませんでした」

「どうやって、助かったのだ」

「はい。しばらくして、静かになりました。賊が引き上げたのかもしれないと思ったのですが、みな、さるぐつわをされ、縛られているので、助けを呼ぶことも出来ません。でも、なんとか縄をほどこうとしていると、奉行所のひとが駆け込んで来たのです」

「北町の同心か」

「はい」

「どうして、駆けつけたのか、そのわけはわかるか」

「よくわかりませんが、誰かが北町奉行所に知らせてくれたようなんです」

「誰かが？」

剣一郎は小首を傾げた。

この手代の話が真実なら、知らせた者の行動が理解出来ない。まず、自身番に知らせるのが先ではないか。それなのに、わざわざ遠い北町奉行所まで知らせに行っている。

剣一郎は自身番に顔を出した。

家主をはじめ、ふたりの店番、番人が詰めていた。

「青柳さま」

店番の男が会釈をした。

「『丸子屋』の件だが、ここで事件を知ったのはいつだな」

剣一郎は奥にいる家主にも顔を向けた。

「それが、北町のお役人からです。『丸子屋』で押し込みが入り、主人夫婦が殺されたって知らせに来たんです。すぐに飛んで行ってみると、もう、北町のお役人がいっぱい来てました」

番人が身を乗り出して言う。

「どうして、北町が来ていたのかわかるか」

「なんでも、北町に密告があったそうです。『丸子屋』に押し込みが入ったと」

過去三件の未解決の事件との関連で、北町は独自に動いたのかもしれない。問題は、誰が密告したかだ。

自身番を出たところで、植村京之進と出会った。

「青柳さま。わかりました。北町に、投げ文があったそうです」

「投げ文？」

「はい。『丸子屋』に押し込みが入り、主人夫婦が殺されたと書かれてあったそうです」

「主人夫婦が殺されたと？」

「密告の主はどうして、そこまで知ったのか」

『丸子屋』の関係者ではない。だったら、近くの自身番に駆け込むはずだ。通りがかりの者でもない。それだって、自身番に知らせるだろうし、第一、主人夫婦が殺されたことなど知るはずもない。

結論は一つだ。押し込みの仲間が密告したのだ。仲間割れがあったとも思えない。それでも、わざわざ北町奉行所にまで足を運ぶ必要はない。

なぜだ。なぜ、北町に……。

「何者かが、北町に手柄を渡そうとしているのでしょうか」

京之進が訝しげに言う。

「いや。そんなことはない。もし、そうだとしたら、押し入る前に密告するはずだ。だが、これが事後だ。知らせても、身は安全だとわかって、やっているのだ」

「わかりません。なぜ、そのようなことをしたのか」

京之進は顔をしかめて言う。

「いずれにしろ、押し込みの一味は先夜の賊だ。身の軽い男が隣の家の屋根から『丸子屋』の屋根に飛び移って庭に下り、裏口を開けて仲間を引き入れたのだ。身の軽い男に注意を払うように」

「はっ。畏まりました」

京之進と別れ、剣一郎は奉行所に出仕した。

長谷川四郎兵衛が不機嫌そうに、当番方の若い与力に当たり散らしていた。

「どうしたのだ？」

剣一郎は当番方の与力にこっそりきいた。

「昨夜の押し込みで、また北町に先を越されたのが面白くないようです」

「困ったお方だ」

剣一郎は苦笑した。

それから、剣一郎は宇野清左衛門に呼ばれ、年番方の部屋に行った。

「おう青柳どの。きかれたか。昨夜の押し込み、またも北町預かりとなったそうな。半年前からの押し込みも北町預かり。だが、北町ではいまだ事件は未解決」

宇野清左衛門もやはり南町が後れをとったことが面白くないようだ。

「このときこそ、南町の力を見せつけるとき。青柳どの。また、この一件に手を貸してもらいたい。長谷川どのからの要望だ」

「長谷川さまも、だいぶカッカなさっているご様子」

「あの御仁はお奉行の懐刀（ふところがたな）ゆえ、お奉行の顔が潰れるようなことが許されないのだ。べつに、長谷川どののために行なうのではない。よしなに頼む」

「はっ」

剣一郎が引き上げようとしたとき、宇野清左衛門が言った。

「『とみ川』の件、すまなかったな」

「いえ、お役に立てませんで」

「それにしても、おむらのことは不可解千万」

宇野清左衛門はお手上げのように言う。

「まことに」

そう答えて、剣一郎はふいに飯尾吉太郎のことを思い出した。

ゆうべは、飯尾吉太郎に呼ばれ、『とみ川』で呑んだのだ。飯尾吉太郎は、おむらのことを気にしていたのかと思ったが、どうもそうではなかった。

まさか……。

「青柳どの。どうかなさったか」

「宇野さま。ちょっと出掛けてきたいところがございます。お許しを」

「おお、もちろんだ。頼みましたぞ」

宇野清左衛門の声に頷き、剣一郎はいったん与力の掛かり部屋に戻り、礒島源太郎と只野平四郎にあとのことを頼んでから奉行所を出た。

剣一郎は人馬の往来の激しい大通りを行く。頭の中は、飯尾吉太郎のことで埋まっていた。

なぜ、ゆうべ、『とみ川』に呼び出したのか。そして、その夜に、『丸子屋』に押し込みが入った。果たして、偶然だろうか。

日本橋を渡ると、室町一丁目である。そして、室町三丁目の浮世小路に入る。

『とみ川』は、まだ眠っているように静かだ。

門を入り、玄関に向かう。土間を掃除していた女中が剣一郎が現われたのに驚いた。

「すまん。驚かせてしまったか」

「いえ、とんでもありません。勝手に驚いたのでございます」

そのやりとりを聞いたのか、女将が奥から出て来た。

「まあ、青柳さま。ゆうべは申し訳ございませんでした」

女将が恐縮して言う。

「いや。気にするな。それより、飯尾どのは、あれからどうしたな」

「はい。半刻（一時間）ほどして、お帰りになりました」

「酔っていたようだったか」

「はい。酔ったと仰っておいででしたが……」

「誰か、迎えに来たとか、それはなかったのだな」

「はい。ただ、門の外までお見送りしたのですが、暗がりにどなたかがいらっしゃったような気がしました」

「なに、誰かがいたのか」

「いえ、飯尾さまを待っていたのかどうかはわかりませんけど」

剣一郎の脳裏を掠めたのは、京橋を渡ったときに感じた視線だ。あれは、剣一郎を見張っていたのではないか。それは考え過ぎだろうか。

「それから、申し訳ございません。飯尾さまが、どうしても青柳さまのぶんもとお代を」

強引に支払ったのだという。

「そうか」

一瞬、不快感が過(よぎ)ったが、剣一郎はたちまちしめたと思った。

飯尾吉太郎に会う口実が出来たのだ。


それから一刻（二時間）後、剣一郎は本所南割下水の屋敷で、飯尾吉太郎と差し向かいになっていた。

「ゆうべはすっかりごちそうになってしまったようで、申し訳ありませんでした」

剣一郎は礼を述べた。

「なあに、こちらがお誘いしたこと。気にするには及ばぬ。それより、少し、酒が過ぎてしまった」

「いえ」

剣一郎は耳を澄ましたが、きょうは屋敷内は静かだ。あの連中は来ていないようだ。

「飯尾さま。じつは、ゆうべ、あの近くで押し込みがありました」

剣一郎はわざと口にした。

「ほう、押し込みとな」

飯尾吉太郎は落ち着いて応じる。

「主人夫婦と番頭、それに用心棒の浪人が殺されました」

「それでは、探索で忙しくなられるな」

「ところが、事件は北町奉行所預かりとなって、我ら南町はあまり手出しが出来ません。ゆうべ、もう少し遅くまで『とみ川』にいたら、押し込みの一味と遭遇していたやも知れぬと考えると、少しばかり悔しい思いでござる」

「それはそれは」

飯尾吉太郎は楽しそうに笑った。

「飯尾さまは、怪しげな一味を見かけませんでしたか」

剣一郎は鋭い視線を向けた。

「わしは酔っていたでな。仮に見かけたとしても、意識には入っていなかったであろう」

飯尾は平然とした態度で言う。

「でも、飯尾さまはそれほど酔っていたようには思えませんでしたが」

そう言うと、飯尾吉太郎の目が鈍い光を放った。が、それも一瞬で、すぐに目元に笑みをたたえ、

「青柳どの。ぜひ、また一献傾けようぞ」

飯尾は鷹揚に言った。

「では、私はこれで」

剣一郎は飯尾の屋敷を辞去した。

堀沿いを歩きながら、まったく証拠がないにも拘わらず、剣一郎は飯尾吉太郎に対する疑いを深めていた。

第二章　酒田湊

一

寺町の外れに、金子樹犀という学者が塾を開いている。

そこの別間で、青柳剣之助は夢中になって史記に目を通していた。この部屋には、四書五経をはじめ、前漢書・後漢書・唐詩選などから老子・孟子・韓非子などの書、さらには万葉集・日本書紀・風土記など、かなり豊富に揃っていた。

京や江戸の本屋に注文しているらしい。

隣の広間からは、さっきまでは論語を読む声が聞こえていたが、今はそろばんの音に変わっている。

金子樹犀は、一昨年まで庄内藩の致道館の教官だったひとで、そこを辞めたあと、この酒田で、塾を開いている。

致道館は庄内藩の藩校であり、お城のある鶴岡にある。入ることが出来るのは、上級武士の子弟に限られ、一般庶民は入れなかった。

そのために、一般庶民の子弟は寺子屋や家塾で教育を受けるしかなかった。もっとも、酒田の庶民の子弟は、商人、職人、農民などであり、藩校で受ける教育内容は実際には必要なかった。

寺子屋や家塾の教師は僧侶、医師、神官などが多かったが、その中で、致道館の教官だった儒者の金子樹扉が家塾を開いたので、富豪の子弟の中でも優秀な者が、この金子樹扉の塾の門を叩いたのである。

もっとも、この金子樹扉というひと、学者にあるまじき商売人であり、酒田で家塾を開いたのも、酒田の豪商の子弟を狙ってのことだった。

つまり、金儲けである。

西廻り海運による江戸や大坂との交易によって、酒田は大いに栄えた。酒田湊には全国各地の船が出入りをし、その繁栄により、廻船問屋や米問屋など、たくさんの豪商が生まれたのだ。

そういった豪商たちは、相模、加賀、越前、尾張、近江などから一旗上げようと酒田にやって来て成功した商人たちだった。

この金子樹扉のもとに、剣之助は特別に通い、蔵書を読む機会を与えられているのである。

今も、剣之助は史記を開いていた。

はじめて、金子樹犀に会ったとき、樹犀はこうきいた。

「学問は何のためにするのか」

剣之助は一瞬考えたのち、こう答えた。

「先人の教え、生きかたを学び、ひとびとの仕合わせの手助けをするためです」

開け放たれた障子から、心地よい風が吹いていたが、経机の上の書物がふいの強風にあおられ、何枚かめくれてしまった。

書物を閉じ、剣之助は立ち上がった。

廊下に出た。風がまともに顔に当たる。

すぐには収まりそうもないと剣之助は判断し、部屋に戻って書物を隣室の書庫に返した。そして、部屋を出ようとしたところで、金子樹犀とばったり出くわした。

「先生、申し訳ありません。風が出て参りました。行かねばなりませぬので」

剣之助は言う。

「そうか。残念だが、仕方ない」

どうやら、向こうの授業は助手に任せて、時間を作ってくれたらしい。

「明日、またお願いいたします」

「よかろう」

時間の許す限り、金子樹犀は剣之助に個人的に講義をしてくれることになっていたが、いつしか講義はなくなり、囲碁を打ったり、将棋を指したりすることが多くなった。

剣之助のほうも書物を読み、理解出来ないところを訊ねるだけで、支障はなかった。

もっとも、囲碁や将棋をしながらも、金子樹犀はときおり、大事なことを話してくれることもあるので、剣之助は進んで囲碁の相手をした。

金子樹犀は、父剣一郎の剣術の師である真下治五郎(ましたじごろう)をどことなく彷彿(ほうふつ)させるのだ。

白髪で、小作りの皺(しわ)の浮いた顔。年齢も同じくらいだ。

だが、風貌は似ていても、人間性はまったく違う。向島(むこうじま)で野良仕事をしながら隠居生活を送っている真下治五郎に比べ、金子樹犀はまだ俗気が抜けない。とかく、学者にありがちな変人とは一味違う変わった人間だった。

「しっかり、励(はげ)まれよ」

金子樹犀は残念そうな顔で、剣之助を見送った。

外に出ると、風はますます強くなっている。

前面が日本海であり、北西の季節風が発達すると、酒田は大火になりやすい。江戸と同じように、繁栄して、たくさんのひとが集まっているので、常に火事の心配があるのだ。過去に、大火は何度も起こっている。

剣之助は新井田川に沿って湊にまっすぐ続く本町通りを東に走った。この通りの両側には大きな廻船問屋や米問屋が並んでいる。

剣之助は本町通りを急ぎ、酒田一の豪商といわれる本間家の長屋門構えの武家屋敷造りの前を過ぎ、これも豪商である廻船問屋の『万屋』に帰って来た。そして、潜り門から中に入り、店のほうとは反対に、庭を突っ切り離れに行った。

「お帰りなさいまし」

志乃が迎えた。剣之助と共に苦難を乗り越えてきたという自信が、その美しさに磨きをかけたようで、目にもまぶしい初々しい若妻ぶりだ。

江戸を離れて、一年ほどになるが、剣之助と志乃は、今はこの『万屋』の屋敷内の離れに世話になっている。

酒田は、志乃の実家の女中およねの故郷であり、当座は、およねの実家である百姓家に世話になったが、ある縁から『万屋』の主人と誼を結んだのだ。

「風が出て来た。すぐ、見廻りに出る」

剣之助は力強い声で言う。

「はい」

志乃の手伝いで、火事袴をはき、半纏を羽織り、すぐに、見廻り隊のほうに向かった。土間では、三人の若者が待っていた。いずれも『万屋』の奉公人である。

「お待たせいたしました」

剣之助が見廻り隊の三名を伴い、屋敷を出ようとすると、『万屋』の主人庄五郎が出て来て、声をかけた。

「ごくろうさまにございます」

庄五郎は四十半ば。中肉中背で、目鼻だちの整った渋い顔立ちである。今でも、美男の面影がある。

酒田三十六人衆のひとりである。酒田では長人という町人の代表が三十六人選ばれ、町政はこの三十六人衆の自治的運営に任されている。

万屋庄五郎は、その三十六人衆の中でも、人望の厚い男という評判だった。町年寄として町政の中心的役割を果たしている。

庄五郎は総火消世話役になったとき、定火消とは別に、三十六人衆の各屋敷から数人ずつ出して、防火の見廻り隊を作ることにしたのだ。

いかに、火事を未然に防ぐか、そのことに力を注いだということだが、庄五郎の狙いは、不逞の輩の監視だった。風の強い夜に火事を起こし、その機に乗じて盗みを働こうとする輩を取り締まる。

なにしろ、酒田は豪商が多く、どんな不心得者が現われないとも限らない。

「では、行って参ります」

剣之助はさわやかな声で庄五郎に言う。

剣之助はまだ十七歳。三人の若者も、みな十代だった。

すでに町には、他の豪商のところで作った見廻り隊も出ていた。

東西に本町通り・中町通り・内匠町通り・寺町通りと呼ばれる大通りがあり、南北にはたくさんの小路が並んでいた。

剣之助たちは本町から湊沿いの船場町に行った。

船の荷の積み卸しをする者たちが多く、そういった者たちを相手の居酒屋や女を置いている怪しげな店が並んでいる一帯に差しかかる。

酔客の蛮声と女の嬌声が入り交じり、三味線の音も聞こえてくる。

呑み屋が軒を連ねる通りの真ん中辺りに来たとき、突然、目の前の呑み屋から女が飛び出して来た。その後ろから、頬のこけた痩せた男が追って来た。

眉が薄く、目がつり上がっている。

悲鳴を上げながら、女は剣之助の後ろに廻った。

「おい、もう逃さんぞ」

男は剣之助の脇をまわり、女の腕を摑もうとした。剣之助は女を助けようと男の手首を摑みかけたが、いきなり女が笑い声を上げたのに気づいた。

女は胸をはだけ、げらげら笑っていた。男は女の腕を摑むと、軽々と女を肩に担ぎ上げた。

「やめてよ。ばかあ」

女はふざけているのだ。

剣之助は呆れ返って、先を急いだ。

途中、下小路で酒田奉行所の同心細野鶴之助とすれ違った。三十歳ぐらい。その名のとおり、細身で背が高く、鶴を連想させる。はじめて、庄五郎に引き合わされたとき、名前と顔が一致したので、すぐに覚えた。

「ごくろうさまにございます」

剣之助は挨拶をして行き交う。

「うむ。ごくろう」

細野鶴之助は手下を連れて、角を曲がって行った。

ときおり、突風が吹き、目を開いていられなくなる。手をかざし、目を伏せて、烈風をやり過ごし、再び歩く。

表に燃えやすいものが出ていたら、家の者に注意をする。どんな不心得者がいて、火をつけないとも限らないからだ。

見廻りながら、剣之助はいま自分が父と同じことをしているのだという思いを強く持った。すると、急に江戸が懐かしく思い出された。

烈風の日には、父は風烈廻り与力として市中を見廻っているのだ。不思議なことに、江戸から遠く離れた地で、剣之助は同じような任務を任されている。

もっとも、父は、奉行所の人間であり、それは公務である。しかし、剣之助はいわば民間の自警団である。

その違いはあっても、責任の重さは変わらないと思っている。

「剣之助さま。少し、風が弱まってきたようです」

『万屋』の奉公人である竹松(たけまつ)が安心したように言った。

「ええ。でも、まだ、油断は出来ません。安心して気が緩(ゆる)んだときに、どんな間違いを起こすかしれませんからね」

剣之助はそう言いながらも、さっきまでの緊張からは解放されていた。

夜空に星が瞬いている。かなたに、大きな屋敷の大屋根が闇に浮かび上がっているのが見えるが、その光景が延々と続いているのだ。豪商たちの屋敷の大屋根だ。

一刻（二時間）ほど、歩き廻っているうちに、風もだいぶ収まって来た。

内匠町にやって来たときだった。数間先の塀の角に、暗い影が横切るのがわかった。それもひとりやふたりではない。四、五人はいた。

どうやら、商家ふうの家から飛び出して来たようだ。

「私は賊を追う。あの家のほうを頼みます」

竹松に言い、剣之助は走り出した。

途中、賊は二手に分かれた。剣之助は迷わず、頭目格らしき風体の男を追った。その男の合図で、二手になったのだ。

頭目格らしい武士はふたりの手下と共に、寺の裏手に逃げた。片側に松林が広がっている。

寺の裏手に駆け込んだとき、剣之助ははっとして足を止めた。頭目格を含む三人が待ち構えていたのだ。

三人とも覆面をし、黒装束に身を包んでいる。頭目格の男は鼻が高いのが覆面をしていてもわかった。

「何をしていた？」

剣之助が問いただす。

三人は無言で抜刀した。

剣之助は右手を柄に当て、鯉口を切った。

父剣一郎と同じ、江戸柳生の流れを汲む真下流を学んでおり、道場では年若いながら、一、二を争う腕前だった。

十四歳のとき、はじめて剣を抜いた。相手は匕首の扱いになれた獰猛な顔の男だった。志乃に絡んできたごろつきだった。相手は剣之助をなめきっていた。が、剣之助は夢中で突進し、相手の匕首を撥ね飛ばした。

さらに、続いて浪人者が剣を抜いて向かって来た。そのときは、剣之助は剣を構えながら、はじめて剣と剣を交えた恐怖心から身動き出来なかった。あのとき、助けがなかったら、剣之助は斬られていたかもしれない。

その後、志乃に迫る危険を払うために、剣之助は何度か剣を抜いた。そうやって、幾たびか決闘の場数を踏んだが、ひとを斬ることにはまだ怖じ気づくことがあった。

だが、剣之助はそんな恐怖心を相手に悟られないように、落ち着いた仕種で、剣を抜き、静かに青眼に構えた。

真ん中の頭目らしき男が一歩下がり、ふたりの侍が前に出た。

「小僧。容赦せぬぞ」

大柄な浪人が上段から無造作に斬り込んできた。剣之助は無意識のうちに体が反応し、足を踏み込み、鎬で相手の剣を受け止めた。鍔迫り合いの形になった。相手は凄まじい形相で渾身の力で押し込んでくる。

さらに、相手はぐっと押し込んで来た。剣之助は懸命に相手の剣を受け止める。が、顔面まで押し込まれた。そのとき、もうひとりの侍が剣之助の背後にまわった。

剣之助は左ひじをぐっと上げ、相手の右ひじに下から自分の左ひじを強引に突き上げ、微かに相手の力が緩んだ隙に、刀の柄で相手の柄を握っている指を激しく叩いた。指が潰れたような鈍い衝撃。相手は苦痛の呻きを上げた。

相手の力が抜けた刹那、素早く横に飛ぶ。さらに、振り向きざま、剣を横に薙いで、後ろから襲って来た侍の小手を斬りつけた。

剣尖が相手の小手をかすった。その侍は剣を落とした。さっきの侍も、指の痛みに片膝をついて呻いていた。

だが、頭目格の男はすでに姿を晦ましていた。

そこに、何者かが走って来る足音がした。さっき、すれ違った同心の細野鶴之助だった。

ふたりの覆面の武士が倒れているのを見て、

「これは……」

と目を見張り、すぐに気づいて配下の者に捕縛するように命じた。

「このふたりは、青柳どのが？」

細野鶴之助が目を見開いてきいた。

「はい。もうひとりの頭目格の男には逃げられてしまいました。それに、あとふたり。賊は全部で五人でした」

「いや。ふたりを捕らえたのはお手柄だ」

細野鶴之助が興奮して言う。

「いったい、この者たちは何をしたのでしょうか」

剣之助はきいた。

「駒吉という下駄職人の家の離れで、そこの主人と女房が殺された」

細野鶴之助が痛ましげに言う。

「やはり、押し込みですか」

「いや。金は盗まれていないようだ。部屋の中に、物色した様子はない。だから、物取りではない。まあ。いずれにしろ、このふたりから何か聞き出せるだろう」

そう言い、細野鶴之助はふたりをしょっ引いて行った。

酒田奉行所は新井田川の近くにあり、剣之助が引き上げる『万屋』とは離れていた。

剣之助は急ぎ足で、志乃の待つ『万屋』の離れに引き返した。

二

翌朝、剣之助は志乃とふたりで朝餉をとった。遠い異国の地で、若いふたりは懸命に生きている。

ふたりで江戸を逃げたことがよかったかどうか。しかし、あのときは、こうするしかなかったのだ。

志乃の許嫁脇田清十朗の父親は、志乃の父親の上役だった。何かと悪い噂の絶えない脇田清十朗から志乃を助けるためには、あれ以外に方法はなかったのだ。

この先、どうなるかわからないが、後悔はなかった。

剣之助も志乃も、いま自分たちは仕合わせだと思っている。ただ、江戸にいる親に心配かけたことを、遠いこの地から詫びるだけだった。

朝餉を終え、志乃が片づけをしている間、剣之助は濡れ縁に出た。こっちは秋の訪れが早いのか、朝晩は涼しい風が吹いた。

片づけを終えて、志乃が隣に座った。

「万屋さんに、このままお世話になっていて、よろしいのでしょうか」

志乃が言う。

「江戸が恋しくなったのか」

「いえ、私は剣之助さんといっしょなら、どこでもかまいません」

「それは私も同じこと」

剣之助にとってほっとするのは、志乃の美しさが変わらないことだった。

ふたりで奥州街道を千住、草加と過ぎ、古河、小山、白河、さらに郡山、二本松と過ぎ、桑折へ。そして、桑折宿から奥州街道を外れ、小坂峠を越え、七ヶ宿街道を通り、米沢に出た。そして、最上川の船便で、酒田へようようと着いたのだ。

この長い旅の疲れは、酒田湊の賑わいを見たとき、いっぺんに吹き飛んだ。

酒田湊には帆をかけた千石船が何艘も停泊していた。湊には小さな船から大きな船まで出入りをし、米蔵がたくさん並んでいた。

大きな建物の廻船問屋が建ち並び、お江戸日本橋の川沿いに建つ土蔵よりもはるかに大きく立派に思えた。

「ここが酒田なのですね」

志乃は長旅の疲れを忘れ、感嘆の声を上げたものだった。

酒田には幕府専用の米蔵がある。出羽国の幕府領からとれた城米は最上川を下り、酒田湊に運ばれ、そして、西廻り海運によって江戸に運ばれる。

西廻り海運は酒田湊から日本海沿岸を西南に走り、赤間関（下関）から瀬戸内海に入り、尾道などを経て兵庫・大坂に行き、さらに紀伊半島をまわって下田から浦賀を経て江戸まで行く。

それまでは、酒田から敦賀まで行き、そこから陸路で琵琶湖に運び、湖を渡って大津へ。そして、大津から淀川を下り大坂へ。あるいは、大垣から桑名に行き、そこから船に積んで江戸へはこばれた。

西廻り海運の航路が開かれる前まで、敦賀、琵琶湖、大津など、何回も荷物の積み替えや蔵に一時保管したりしなければならず、人手がかかり、また米の傷みも多かった。また、日数も多くかかり、米の価格も高くなった。

西廻り海運によって、米の輸送は飛躍的な変化をもたらしたのだが、それだけではない。酒田は天下の台所の大坂と直結したことにより、上方船の出入りも多くなった。もちろん上方だけでなく、全国各地の船が出入りをし、賑わったのである。播磨の塩、大坂・堺・伊勢からの木綿類、美濃からの茶、さらには松前から海産物などの荷が酒田湊に入って来る。

剣之助の想像の外に、酒田は活気に満ちていた。

志乃と濡れ縁で語り合っていると、『万屋』の主人庄五郎がやって来た。

「お邪魔でしたかな」

「とんでもございません。さあ、どうぞ」

志乃が庄五郎を迎え入れた。

「きのうは、青柳さまはお手柄だったそうですね」

庄五郎は腰を下ろし煙草入れを出しながらきいた。

志乃がすぐに煙草盆を差し出す。剣之助は煙草を吸わないが、来客のために、煙草盆は用意してある。

「いえ、ことの起こる前でしたらよかったのですが、ふたりのお方が殺されたというのでは、素直に喜べません」

剣之助は無念そうに答えた。

「しかし、賊のふたりを捕まえたのですから、お手柄といってよいでしょう」

「はあ」

剣之助はやはり素直には喜べない。

「確かに、駒吉夫婦には気の毒なことでした。まだ、若いのに」

「おいくつだったのですか」

「駒吉が三十一、女房が二十六でした」

「そうですか。もっと、早く私があの場所に行っていたら」

剣之助はまたも忸怩（じくじ）たる思いにかられた。

庄五郎は煙草の煙を吐いてから、

「じつは、御町奉行所のほうから、この事件について、力を貸して欲しいとの要請がありました」

と、煙管（きせる）を持ったまま言う。

「もちろん、協力をさせていただきます」

「ありがとうございます」

軽く頭を下げてから、庄五郎は志乃に顔を向け、

「志乃さま。何かご不自由なことはございませんか」

と、にこやかな笑みをたたえてきいた。

「いいえ。もう、十二分によくしていただいております」

志乃は感謝のこもった声で言う。

「さようでございますか。もし、何かお望みがあれば、遠慮なさらずに仰ってください」

「はい」

志乃は輝くような笑顔で応じる。

「そうそう、きょうは、江戸からの商人が商談で参ります。もし、江戸のことで、何かお訊ねになりたいことがあれば、お引き合わせをいたしますが」

「重ね重ねありがとうございます。先日、江戸より文七という者がやって来たおり、江戸のことを聞きました。いましばらくは、江戸のことに思いを巡らすこともなかろうかと思います」

剣之助は郷愁(きょうしゅう)を断ち切るように言った。

「そうですか。わかりました」

庄五郎は立ち上がった。

「旦那さま。いろいろありがとうございます」

志乃が深々と頭を下げた。

にこやかに頷きながら、庄五郎は離れを出て行った。

庄五郎との出会いによって、剣之助と志乃は酒田での暮らしに希望が持てたのであり、ふたりにとっては恩人ともいうべきひとであった。

その日の夕方、剣之助が家塾から帰ると、奉行所の細野鶴之助がやって来た。

「昨夜はご苦労でござった」

細野鶴之助はそう言ってから、

「じつは、捕らえたふたりのうち、ひとりは南部訛り(なんぶなま)があった」

「南部訛り？」

「さよう。南部藩で間違いを起こし、藩から逃げたと申しておる。もう、ひとりは西国のほうの藩にいた者らしい」

「南部藩と西国の藩では、ずいぶんと離れておりますね」

「さよう。ふたりは米沢領からやって来たようだ。米沢で、久住三十郎(くずみさんじゅうろう)という男から金で買われたと申している」

　久住三十郎とは、頭目格の侍に違いない。

「ほかのふたりは、飛松と吉助といい、久住三十郎が江戸から連れて来たごろつきだ。ふたりは侍ではない」

「江戸からですか」

　懐かしい思いが、一瞬だけ、剣之助の胸に広がった。

「さよう。つまり、こういうことだ。久住三十郎は飛松と吉助を連れて、酒田に向かった。途中、米沢で、このふたりの浪人を雇ったというわけだ」

　細野鶴之助は取調べの様子を教えてくれる。

「下駄職人の駒吉夫婦を殺めるために、そこまでしたというわけですか。それより、江戸からわざわざ出向いて来たのは解せませんが」

　剣之助は疑問を口にした。

「じつは、ふたりは詳しい話は何も聞かされていなかったのだ。ただ、下駄職人の家に押し入ったとき、久住三十郎が、主人の駒吉に、駒次郎はどこだときいていたという」

「なるほど。久住三十郎は駒次郎を追って来たというわけですね。で、駒次郎というのは、駒吉さんの……」

「そう。弟だそうだ。町人のくせに、小さい頃から剣術好きで、剣術道場に通っていたらしい。ところが、七年ほど前に、侍になるのだと言って江戸に向かったという」

「江戸へ」

再び、江戸の匂いを嗅いだような気がした。

侍になるといっても、武家奉公人の中の若党になるしかないだろう。武家奉公人には、中間、小者などと共に若党がいて、この若党は武士身分なのである。

しかし、武家奉公をやめれば、つまり若党をやめれば、侍ではなくなる。

おそらく、駒次郎はどこかの旗本の屋敷に奉公し、若党にでもなっていたのではないだろうか。

剣之助はそんな想像をした。

「江戸で何かして、酒田の兄のところに逃げ帰ったのであろう」

細野鶴之助が言う。

「駒次郎が酒田に帰っているのは間違いないのでしょうか」

「おそらくな。だが、近所の者にきいたが、駒吉の家に客が来ている様子はなかったと言っている。帰って来ているとしても、どこか別の場所にいるのだろう」

細野鶴之助は渋い表情になって、

「駒次郎が酒田にいるとすれば、久住三十郎もまだ当地にいるはず。奉行所の威信にかけても、久住三十郎を捕まえねばならぬ。相手が覆面をしていたとはいえ、久住三十郎を見ているのは、青柳どのだけ。ぜひ、力をお貸しいただきたい」

細野鶴之助は軽く頭を下げた。

「もちろん、及ばずながら、お力にならせていただきます」

「お願い申す」

そう言ってから、志乃にも挨拶をし、細野鶴之助は引き上げて行った。

「江戸からこちらに逃げて来たひとがいるなんて」

我が身と照らし合わせるように、志乃が呟く。

「何をしたのかわかりませんが、追手まで差し向けられたのはよほどのことでしょうか」

当初、剣之助も志乃も、追手があるかもしれないと用心した。だが、脇田清十朗は、そこまではしなかった。

やはり、脇田家は体面を考えたのであろう。

いったい、駒次郎は何をしたのか。剣之助も、見知らぬ駒次郎に思いを馳せた。

その日、剣之助と志乃は、久しぶりに、田川(たがわ)郡横川(よこかわ)村のおよねの実家を訪ねた。

ふと、鐘や太鼓の賑やかな音が聞こえて来た。そのことを、訊ねると、

「あれは、虫送りです。稲につく虫を送り出すのですよ」

と、およねの兄が教えてくれた。

村中の田植えが終わり、虫送りをしているのだという。

「さあ、どうぞ」

兄嫁が餅を出してくれた。

いまは、田植えも終わり、ほっとしているときだった。

田植えは農民にとっては大きな行事であり、それが終わると、今までの農作業の疲れをとるための、「さなぶり」と呼ばれる休みをとる。

そういう時期だから、剣之助と志乃はやって来たのだ。

これから、秋になれば稲刈りが行なわれる。雪が降り始めると、今度は屋内での米ごしらえ。朝は夜明け前から起きて暗くなるまで米づくりをし、俵に米を入れる。夕食後は今度は俵編みである。

こうして、農民はほとんど働きづめだった。

半刻（一時間）ほどいて、およねの実家を辞去した。

広々とした風景が果てしなく続いている。田圃は満々と水を湛え、陽光を照り返している。よく肥えた土と豊富な水があり、ここからとれた米が江戸にも送られて、自分たちの口に入っていたのかと思うと、剣之助は覚えず庄内平野の広大な大地に向かって頭を垂れたくなるほど感動した。

百姓家の庭に鯉のぼりが高く翻っているのは、五月は田植えで忙しく、ひと月遅れの端午の節句の祝いがあるからだ。

村はずれの庚申塔を過ぎ、いよいよ酒田の町に入った。そして、浄福寺の唐門の前にやって来た。

この唐門は、本間家三代光丘というひとが、菩提寺のために寄進したもので、京都の東本願寺大谷派祖廟を模し、京都や近江の大工を呼び寄せて、莫大な金をかけて作ったものだという。

その唐門を行き過ぎたとき、浄福寺の裏手で、剣之助は女の悲鳴を聞いた。

「志乃。待っていろ」

剣之助は悲鳴のほうに駆けた。

松の樹の横で、数人のごろつきが、ひとりの女を取り囲んでいた。

「待て」

剣之助は大声を張り上げた。

尻端折りをし、毛脛を出したむさくるしい感じの男たちがいっせいに振り返った。

「なんだ、若造」

けむくじゃらの肩の筋肉が盛り上がった男が腕まくりをして、一歩前に出た。

「大勢で、ひとりの女子をいじめるとは見下げた連中だ」

剣之助は一喝する。

「ちっ。しゃらくせえことを。怪我をしねえうちに、とっとと消えな、さんぴん」

男は黄色い歯茎を剝き出しにした。

「消えるから、そのひとを渡してもらおう」

剣之助は落ち着いて言う。

「どうやら、なにもわかっちゃいないようだな」

「わかっていないのは、そっちのほうだ」

「このやろう」

男は目を剝き、懐から匕首を抜き取った。

「もう、勘弁ならねえ」

男は匕首をなれた手つきで構えた。

剣之助は素手で身構えた。

「往生しやがれ」

その声とともに、男は匕首を突き出して来た。狙い澄まされた刃先が剣之助の胸に迫る。が、剣之助は無意識のうちに体が反応し、やや体をひねって刃先をかわし、男の手首に手刀をしたたか打ちつけた。

男は大仰に呻き、匕首を落とし、左手で手首を押さえてしゃがみ込んだ。

他の仲間が色めきたった。

「相手になる。誰でも、かかって来い」

剣之助が声を張り上げた。

「てめえは？」

頰のこけた眉毛の薄い細身の男が匕首を構えた。が、すぐに襲って来ない。

「私を知っているのか」

「ちくしょう」

目を剝いて唸ったが、髭もじゃの男があっけなくやられたのを見て、怖じ気づいたのか、身構えているだけだ。

「物取りか。それとも、いやがらせか」

剣之助は刀の柄に手をかけた。

あとずさりをしたかと思うと、一斉に踵を返して逃げ出した。髭もじゃの男も、あわてて走り去った。

志乃が駆け寄って来た。

「女のひと、逃げてしまいました」

「そうか。まあ、いい。なんともなかったんだから」

剣之助は苦笑して言った。

「あのひと」

志乃が小首を傾げた。

「何か」

「見すぼらしいなりをしていましたけど、どことなく武家育ちのような雰囲気を感じました」

「武家育ち？」

「はい。身のこなしにどことなく優雅さが。それに、指先も白く、とても、仕事をしているお方とは思えませんでした」

「なるほど」

「それと」

「まだ、何か」

「はい。江戸の匂いがいたしました」

「江戸の匂い？」

「はい。りんとした顔だちだけでなく、垢抜けた感じも……」

志乃は自信なさげに答えた。

「江戸か」

ふと、江戸から帰ってきているらしい駒次郎という男を思い出した。

それより、さっきの頰のこけた眉毛の薄い細身の男。あの男をどこかで見たことがある。そんな気がした。

男のことを思い出したのは、『万屋』の離れに帰ったときだった。

船場町だ。巡回のときに、呑み屋の女を追いかけていた男だ。あの連中は、あそこにたむろしているのだ。

数日後の夕方、奉行所の細野鶴之助がやって来て、縁側から声をかけた。

「お邪魔いたす」

「これは、細野さま。どうぞ、こちらに」

志乃が上がるように勧める。

「いや。ここで結構でござる」

「細野さま」

剣之助は縁側に出て行った。

「青柳どの。さしての急用ではござらぬが、ちとお耳にいれておいたほうがいいかと思ってな」

「はい。なんでございましょうか」

剣之助は腰をおろして言う。

「青柳どのは、郡奉行の子息荻島信次郎どのをご存じか」

「荻島信次郎さま？　はい、何度かお目にかかりました。あまり、よい形では会っておりませんが」

剣之助は眉を寄せて言う。

「そうか。じつは、きょう、奉行所に荻島信次郎どのがやって来た。例のふたりの浪人について話をききたいとのこと」

「荻島さまが、なぜ」

「わからぬ。だが、帰り際、荻島どのは、拙者にこうきいたのだ。あのふたりを捕えたのは青柳剣之助だな、と」

「私の名を？」

まだ、志乃のことを根に持っているのかと、剣之助は悲しげな顔になった。

志乃が心配そうな顔を向けた。

「あの荻島どのとその取り巻きは、かなり無頼なことを平気で行なう連中だ。くれぐれも、気をつけられるように」

「はい。ありがとうございます。でも、荻島さまとあのふたりはどのような関係なのでしょうか」

「いや。関係はないはずだ。だから、よけいに真意を図りかねている。ただ、青柳どののことを気にしていたので、ちょっと気になったのだ」

細野鶴之助は懸念を抱いたまま引き上げて行った。

「荻島さまは、よほど、あのことを御不快にお思いになられているようですね」

志乃が沈んだ声で言う。

「うむ。志乃」

剣之助は厳しい顔を向けた。

「しばらく、ひとりでの外出は避けたほうがよい。よいな」

「はい。畏まりました」

そのとき、母屋から、女中のおまつがやって来た。

「夕飯の仕度をさせていただきます」

おまつが明るい声で言った。

翌日の夕方、剣之助は家塾の帰り、船場町にまわった。

夕暮れ前の、最後の光を放っているような輝きの町並みが、やがて、艶かしい雰囲気の家並みに変わった。

軒行灯がぶらさがり、戸障子に屋号の書かれた小さな店が並ぶ。二階家で、どの店にも女がいる。

剣之助は江戸は深川佃町を思い出した。坂本時次郎とふたりで遊びに行ったものだ。

あそこにいた、およしという娼妓は姉のように、剣之助を慈しんでくれた。元気でいるだろうか。江戸に帰ったら、一度顔を出してみよう。

そう思って、剣之助ははっとした。自分は江戸に帰ることを考えているのだ。志乃の前では、江戸のことなど忘れたような顔をしておきながら、心の底では江戸が恋しくなっているのだ。

ひょっとしたら、志乃も江戸を恋しく思っているのかもしれない。いや、それが当然だ。もう、江戸を離れて一年近くなるのだ。

ぼちぼちと遊客が出没してくる。そのとき、どこからか射るような視線をこめかみに感じた。そのほうに目をやると、閉まっている戸障子に隙間の出来ている店があった。暗くてわからないが、そこから誰かが見ていたのかもしれない。

その店が、先夜、例の女と男が飛び出して来た店と同じだとわかった。

剣之助はそこの店先に向かった。

暖簾（のれん）がかかっているので、店はもうやっているのだ。外は暮れそうで暮れないでいる。まだ、呑みはじめるには中途半端な時間かもしれなかった。

剣之助は戸障子の前に立った。

そして、戸に手をかけ、きしむ戸を開けた。

薄暗い土間に、飯台が四つ。手前の飯台に徳利（とっくり）と猪口（ちょこ）が置いてあったが、客は誰もいなかった。

剣之助は徳利をつまみ、軽く振ってみた。酒が下のほうに残っていた。

奥から女が出てきた。いらっしゃいとも言わず、冷たい目を向けているのは、客ではないとわかっていたからだろう。

「ここにいたひとはどこに？」

剣之助は静かにきいた。

「ずいぶん前に、帰りましたよ。片づけるのを忘れていたの」

女は気だるそうな声で言う。

あのときの女に間違いない。

「ここにいたのは頬のこけた眉の薄い細身の男ですね。あのひとの名前は？」

「誰のことだか」

女はとぼけた。

「この前の夜、あなたとふざけていたじゃありませんか。外に飛び出したあなたを追いかけて来ました。あなたは、私の後ろにまわった」

「覚えていないわ」

「そうですか」

これ以上、無理強いしても仕方ないと思い、剣之助は店を出た。

すると、そこに数人の男が待っていた。その中に、目当ての眉の薄い男がいた。

「旦那。この野郎です」

眉の薄い男は、腕組みをしていた浪人に囁いた。

うむ、と頷き、

「ここでは、他の者に迷惑がかかる。場所を変えよう」

と、浪人が言った。

「お待ちください。私はあなたと争うために来たのではありません。そちらの方に用があるのです」

剣之助は浪人から眉の薄い男に顔を向けた。

眉の薄い男はちょっと腰が引けたが、

「旦那。こいつを殺ってくれ」

と、けしかけるように言う。

「その前に、そのひとから話を聞きたい。この前、あなたが追い詰めていた女のひとは誰なんですか」

「けっ。なんのことか」

眉の薄い男は鼻で笑った。

「とぼけないでください。では、なぜ、私を殺そうとするのですか。身にやましいところがあるからではないのですか」

「旦那。こんな奴の能書きにつきあっていてもしょうがねえ。早いとこ、殺ってくださいな」

男は浪人にけしかけた。

「無駄な殺生はしたくありません。それでも、殺るというなら、お相手をいたします」

剣之助の落ち着きはらった態度に、浪人は微かに眉を寄せた。一瞬、浪人の動揺を見逃さず、剣之助はわざと大上段に出た。

「さあ、剣を交える場所に行きましょう。そこのひとも来てください」

剣之助の堂々とした声に、浪人はまたも気弱そうに目を背けた。が、男の手前、引っ込みがつかなくなっていると、剣之助は見た。

やがて、路地を抜けて、川っぷちの野原に出た。陽がようやく沈み、辺りが暗くなってきた。

「ここなら、存分に闘えそうですね」

剣之助は立ち止まり、浪人と向かい合った。

「きょうの私は、いささか不機嫌になっています。いつもなら、腕の一本ぐらいで刀を納めますが、きょうはおそらく命を奪うまでいくでしょう。どなたかに、言い遺すことがあれば、代わりに聞いておきますが」

剣之助はわざと相手を呑んでかかった。

「おまえは、自分が負けることは考えないのか」

浪人の声が震えを帯びていることがわかった。

「私とあなたとは、同じぐらいの技量とみました。しかし、あなたは、その男に頼まれて私を斬ろうとしています。でも、私はその男から聞き出さなければならないことがあるのです。必死さの点で私のほうが勝っています。私の気力のほうに幾分か分があると思います。いかがですか」

いちおう、相手の自尊心を傷つけないような言い方をした。

「わかった。時蔵」

浪人が眉の薄い男を、そう呼んだ。

「きょうは俺のほうの分が悪い」

「旦那」

「この男とは、時と場所を改めて決着をつける。きょうのところは、これまでだ」

「そんな」

踵を返した浪人のあとを、男が追う。

「時蔵さん。お待ちなさい。動けば斬ります」

男の名を呼んで、剣之助は鍔を鳴らした。

時蔵は竦み上がって立ち止まった。浪人はすたすたと去って行った。

剣之助は時蔵に近づいた。

「時蔵さん。あの女のひとは誰なんですか。なぜ、襲ったのですか」

「知らねえ」

「そんなことないでしょう。さっきも言いましたように、きょうの私は機嫌がよくないのです。あなたには残されて泣くひとがいますか」

「やめてくれ」

時蔵は竦み上がった。

「じゃあ、話してください」

「ほんとうに知らないんだ。きいてくれ。ほんとうだ。江戸から来た男に頼まれたのだ。あの女を攫って来いと」

「あのとき、近くにその男はいたのですか」

おそらく、久住三十郎といっしょに来た男に違いない。

「そうだ。だから、どんな女だか知らねえ」

「その男とはどうやって連絡をつけるのです？」

「さっきの店だ。だが、もう現われねえ」

「なぜ？」

「一度、失敗した者に、二度と依頼はしないと言っていた」

「その男の隠れ家は？」

「知らない」

「久住三十郎という侍を知っていますか」

「知らない。ほんとうだ」

嘘をついているようには思えなかった。

「その男の特徴は？」

「肩幅が異様に広く、胸板の厚い男だ」

「この前の、けむくじゃらの男はどうしているのです？」

「手首が折れていた。家で、唸っている」

「それは申し訳ないことをしました。そのひとも、女のことは聞いていないんですね」

「俺と同じだ」

「わかりました。もう、いいです」

剣之助は刀の柄から手を放した。

時蔵は大きくため息をつき、次の瞬間、一目散に駆け出した。

結局、手掛かりは摑めなかった。

その夜、遅く帰ると、志乃は夕飯をとらずに、剣之助を待っていた。

「すまなかった」

刀を志乃に渡し、部屋に上がる。

刀掛けに刀を掛け、志乃は剣之助の着替えを手伝う。

剣之助は袴をとり、単衣を脱ぐ。すぐに、志乃が剣之助の背後から常着を着せかける。

「志乃」

剣之助は呼びかけた。

「江戸が恋しくないか」

「江戸、ですか」

返事まで、僅かに間があった。

「私は剣之助さまが行くところに、どこまでも付いて行きます」

志乃、ずるいぞ。そう言いたかったが、それが志乃の思いやりなのだろうと思った。

夕餉のあと、剣之助は濡れ縁に出て、月を眺めた。

すると、酒田にやって来てから、きょうまでのことが走馬灯のように頭の中を廻った。

三

酒田に来てから、剣之助と志乃は、田川郡横川村にあるおよねの実家の離れで世話をうけていた。

およねの両親はもういないが、兄夫婦が親切なひとで、なにかとよくしてくれた。

だが、かえってそのことが心苦しくなっていた。

およねの兄幸作は自分の土地は僅かしか持っていなかった。あとは借りた土地で田圃を耕しているのだ。いわゆる、小作農である。小作料が多く、実入りが少ない。したがって、農閑期には、藩から許しを得て別の仕事、幸作の場合は桶師（おけし）の仕事をしていた。しかし、その仕事でも、租税を納めなければならず、暮らし向きは決して豊かとはいえなかった。そこに、剣之助と志乃のやっかい者を抱えれば、その食い扶持だけでもばかにならない。

それでも、幸作夫婦はいやな顔ひとつせず、毎日、食事を作ってくれるのだ。

ひと月経ち、そういう事情もわかってきた。それで、剣之助と志乃はいつまでも、やっかいになっていられないと思うようになったのである。

あるとき、幸作が苦渋に満ちた顔で言ったことがある。

「この借りている土地も、祖父の代までは私の家の土地だったんですよ。凶作の年に、町の商人から土地を担保に金を借りたのです。結局、金が返せず、土地を手放すことになってしまいました」

剣之助は百姓の苦しい暮らしぶりをはじめて知った。

法度（はっと）を守り、耕作に励み、年貢をちゃんと納める。領主や代官、肝煎などの支配には絶対服従を求められている。

朝は暗いうちから働きはじめ、夕方暗くなるまで働き、夕飯後も寝るまで、俵をあみ、縄をなう。

百姓はつらく苦しい労働の連続であったが、そんな中にも、いろいろな行事に、楽しみを求めていた。

そういう暮らしを目の当たりにして、いかに自分が恵まれた育ちをしてきたのか、いかに武士が傲慢であるか、剣之助は恥じ入るような思いに駆られた。

「志乃。私たちも仕事を探そう」

剣之助が心情を吐露すると、志乃も同じ気持ちだったのだ。

こうして、町に出て、仕事を探すようになったのだが、なかなか、思うような仕事はなかった。

その日も、仕事探しに町にやって来ていた。

酒田湊にはたくさんの蔵が並び、幕府の御公儀御米置場もある。湊には大きな船が着き、荷の積み卸しをしていた。活気があった。こういうところなら、仕事はたくさんあるだろうと思った。志乃との暮らしを保つためなら、荷役でも、なんでもするつもりだった。

だが、荒くれ男が多いところで、志乃が尻込みをし、それより、豪商の屋敷で使ってもらえないかと、三軒の商家を訪ねたが、手は足りていると断られたのだ。

また、改めて出直すことにして、剣之助と志乃は帰途についた。ふたりが料亭『相馬屋』の近くに差しかかったときだ。

数人の若い武士と行き交った。

剣之助と志乃は道の端によけて行き過ぎた。すると、若い武士の中で、たくましい体格の男が行き過ぎた剣之助と志乃を呼び止めた。

「おい、そこの若いの」

横柄な口ぶりであった。

自分のことだと気づいて、剣之助は立ち止まった。

「なぜ、荻島さまに挨拶をせぬ」

その武士が険しい顔で大声を張り上げた。

「荻島さま？」

剣之助が小首を傾げた。

「きさま、荻島さまを知らぬのか」

別の若い侍が気色ばんで迫った。瓜のような細い顔の男だ。

剣之助は志乃を後ろにかばった。その態度が気に障ったのか、

「無礼な。俺が女に何かしようとしたとでも言うのか」

と、瓜に似た侍が肩を怒らせた。

「失礼をいたしました。決して、そういうわけではありませぬ」

相手の理不尽な態度に対して、剣之助は下手に出た。この連中は、昼間から酒を吞んでいるようだった。

往来には、商人ふうの男や職人、女中ふうの女など、多くの通行人がいたが、皆、眉をひそめて、この騒ぎを遠巻きに見ている。

「何が、そういうわけではないだ。今、あからさまに女を後ろに隠したではないか」

瓜のような顔の男はむきになって言う。

「半之助（はんのすけ）、よせよせ」

今度は、肥った男が笑いながら前に出て、

「おい、貴公。よそ者だな」

と、歯茎を見せて言った。

「なんだ、よそ者か。だったら、荻島さまを知らなくても仕方ない。おい、貴公。こちらはな」

と、最初に呼び止めた男が青白い顔をした武士を指して言った。

「郡奉行のご子息の、荻島信次郎さまだ」

郡奉行は代官と同じような身分だろうと、剣之助は察した。

「知らぬこととはいえ、失礼いたしました。私は青柳剣之助と申します」

「青柳剣之助か」

荻島信次郎が呟いたが、その目は背後にいる志乃に向けられていた。

半之助と呼ばれた瓜のような顔の男が、

「青柳どの。どうだ、お近づきの印に一献」

と、にやつきながら言う。

「いえ、私は急ぎますので」

「貴公が忙しければ、その女子だけつきあってくれればよい。あとで、送ってつかわすから、貴公だけ先に帰ればよい」

そう言いながら、剣之助の背後にまわって、志乃の手を摑もうとした。

「この者は私の妻にございます」

剣之助は相手の手首を摑んでひねった。

痛っと、半之助が悲鳴を上げた。

「きさま。無礼な振舞いを」

最初に声をかけた、たくましい体格の男が刀の柄に手をかけた。

「どうか、お許しをください。手向かうつもりはありませぬ」

剣之助は哀願するように頼んだ。

「だったら、女を置いていけ」

「出来ませぬ」

「きさま」

「おやめなさい。刀を抜いたら、どちらかが怪我をいたします。こんなことで、怪我をし、いざというときに、御家のために働けなくなったらいかがするおつもりですか」

剣之助は相手を諭(さと)した。

「何をほざくか」

男が刀を抜こうとした。が、それより早く、剣之助は男の懐に飛び込み、相手の刀の柄を押さえつけた。

途中まで抜きかかった刀が再び鞘に収まった。そして、そのまま剣之助は押さえ続け、相手の右手の自由を奪った。

「おやめください」

「放せ」

「刀を抜いてはなりませぬ。他のお方も、抜いてはなりませぬぞ」

剣之助が威圧するように言うと、刀の柄に手をかけていた他のふたりも、固まったようにじっとしていた。

「おい、行くぜ」

荻島信次郎が不機嫌そうな声でさっさと歩き出した。

それを見て、剣之助は男の刀の柄から手を放した。男が数歩、後退(あとずさ)ってから、あわてて、荻島信次郎のあとを追った。他のふたりも我(われ)に返って、駆け出して行った。

去っていく連中を見て、剣之助は暗い気持ちになった。

きっと、今のことを根に持って、仕返しに来るだろう。しかし、どのような対応をとればよかったのか。

「剣之助さま」

志乃が微笑(ほほえ)んだ。

「くよくよしてもつまりませぬ。仕返しに来たら、来たときのこと」

剣之助の顔色を察して、志乃は明るく言った。

楚々(そそ)とした外見とは違い、志乃は明るく、強い女だった。くじけそうになる気持ちを、剣之助は何度、救われたかわからない。

「そうだ。さあ、帰るとしよう」

気を取り直して、剣之助は歩きはじめた。

すると、いくらも歩かないうちに、背後から呼び止められた。

「もし、お侍さま」

剣之助は足を止めて振り返った。

「私でしょうか」

中肉中背だが、引き締まった体つきの風格のある男だった。供をふたり連れていた。

「はい。失礼とは存じましたが、ただいまのこと、一部始終見させていただきました。理不尽な目に遭われながら、見事なかわされようと感服いたしました」

渋みのある顔に笑みを浮かべて、男が言う。

「いいえ、お恥ずかしい限りです。あなたさまは？」

剣之助はおそらくどこかの大店の主人だろうと思いながらきいた。

「私は、万屋庄五郎と申します」

「万屋さん？　すると、あの『万屋』のご主人でございますか」

本町通りに豪商の屋敷が並んでいるが、その中のひとつ、廻船問屋の『万屋』の主人だと聞いて、剣之助は覚えず緊張した。

「はい。お見知りおきを」

「私は青柳剣之助と申します」

剣之助は畏まって答えた。

「失礼ですが、青柳さまはこちらにはどのような御用で」

庄五郎が穏やかな表情できく。

「はい。仕事を探しに来ました。出来たら、妻とふたり、住み込みで働ける仕事を、と思ったのですが、そんな虫のよい仕事はありません」

剣之助は正直に言う。

「さようでございますか。それなら、私のところに来ませんか」

「えっ、『万屋』さんで」

覚えず、剣之助は志乃と顔を見合わせた。

「はい。もちろん、住み込みで」

「ほんとうですか」

剣之助は一歩前に乗り出した。

「その代わり、どんな仕事でも構いませんか。仕事に関して、いっさい文句を言わない。そういうことであれば、明日にでもうちに来ていただいて構いません」

庄五郎は目を細めて言う。

「夢のような話です。お約束いたします。妻といっしょに暮らせるのであれば、どんな仕事も厭いませぬ」

「わかりました。ただ、今夜からでも構いませぬが、私はこれからちょっとここでひとと会う約束がありますので」

これから、料亭に入るところのようだ。

「はい。私のほうも、いま世話を受けている家に挨拶もしなければなりませんので」

「そうですね。では、明日、お出でください」

庄五郎はそう言い、『相馬屋』の門を入って行った。

剣之助と志乃は並んで庄五郎を見送った。


その夜、剣之助は夕飯のあと、母屋に赴き、幸作に万屋庄五郎のことを話した。

「あの万屋さんが」

幸作は目をしばたたかせた。

「ご存じでいらっしゃいますか」

「はい。酒田三十六人衆の世話役を務めているお方と聞いております」

「酒田三十六人衆？」

「はい。いわゆる、町を治めている豪商です。そうですか。町に出られるのですか」

幸作は複雑な顔をした。

「お世話になりながら、勝手を申してまことに相済まなく思っております。せっかく、万屋さんが、住み込みで働かないかとお誘いくださったのも何かの縁と思います」

幸作には、たまたま町に出たとき、万屋庄五郎と知り合い、誘われたのだと話した。

「でも、いったい、どのようなお仕事を？」

幸作が訝しげにきく。

「まだ、わかりません。ただ、荷物の積み卸しでもなんでもやるつもりです」

剣之助は元気よく答えた。

「そうですか。青柳さまがそれでよろしいのであれば結構なことだと思います」

幸作も妻女も、ほっとしたような表情をしたのを見逃さなかった。

剣之助と志乃の面倒を見ることが、ふたりにとって、かなり負担だったことが察せられた。

翌朝、剣之助と志乃は、幸作夫婦の見送りを受けて、村をあとにしたのだ。

四

廻船問屋『万屋』は本町通りにあった。本町通りの両側には廻船問屋が軒を連ねている。旗本二千石の格式の武家屋敷造りの豪壮な屋敷は、酒田一の豪商本間家である。その屋敷の長い塀を過ぎ、剣之助は『万屋』という屋号の店の前に立った。

ここも本間家には劣るといえども、豪商の屋敷らしく、広大な敷地を有している。

大戸の横の脇門から入ると、すぐ右手が店になっている。大きな帳場格子があり、三人の番頭ふうの男が並んで、そろばんを弾(はじ)いたり、帳面を付けたりしていた。

「お願いいたします」

剣之助は土間の端に立って訪問を告げた。

「私は青柳剣之助と申します」

と名乗ってから、ご主人にお会いしたいと告げると、番頭は心得ていたようで、

「少々、お待ちください」

と言い、手を叩いて女中を呼んだ。

ほっぺたの赤い女中が出て来た。

「離れにお通しして」

番頭が女中に言う。

はいと大きな返事をし、女中は剣之助と志乃を導いて先に立った。

広い座敷の横を過ぎると、広々とした台所で、その先に庭への出口があった。

庭に出て、土蔵とは反対のほうに足を向け、大きな赤松の横を通り、やがて、庵(いおり)のような離れが出て来た。

女中はその座敷にふたりを案内してから、そこの水屋で茶をいれて、出してくれた。

「少々、お待ちくださいませ」

と、女中は去った。

柱に一輪挿(ざ)しの花瓶。山水画の掛け軸。まるで、茶室のような渋い部屋だが、茶室とは違うようだ。

剣之助と志乃は居心地が悪かったが、心を落ち着けるように湯飲みに手を伸ばした。

しばらくして、万屋庄五郎がやって来た。

剣之助と志乃は居住まいを正した。

「お言葉に甘えて参上いたしました」

剣之助は挨拶をした。

「さあ、どうぞ、お楽に」

庄五郎はふたりの前に腰を下ろした。

「どうぞ、きょうからこちらでお暮らしください」

「はい。よろしくお願いいたします」

こちらというのが、この離れを指しているとは、剣之助は想像もしなかった。

「この隣の部屋にふとんがあります。どうぞ、ここは青柳さまたちだけの住まいとなりますから遠慮なさらずお使いください」

「お待ちください。あの住み込みの部屋というのは？」

剣之助は訝しく思ってきいた。

「ここでございます」

「えっ、このような立派な部屋を、でございますか。とんでもありませぬ。私たちにはもったいのうございます」

剣之助はあわてて言った。

「気にすることはありませぬ。ここは、ずっと空いているのでございますから」

「しかし」

「どうぞ。もう、そのつもりで支度もしてあります」

「それにしても」

「私の言うことは素直に受け入れるというお約束でございましょう」

庄五郎は穏やかに言う。

剣之助は志乃と顔を見合わせた。お言葉に甘えましょうと、志乃が目顔で言う。剣之助は頷き、そして、改めて庄五郎に目を向けた。

「まことに恐れ多いことではございますが、ありがたく使わせていただきます」

「そうですか。ほっといたしました」

庄五郎は微笑んだ。

「こんなにしていただいて、ありがたい限りでございます。仕事は何でもやります。どうぞ、なんでもご命じください」

「わかりました。仕事のことはおいおいお話しすることにいたしまする」

そう言い、庄五郎は手を叩いた。

すると、さきほどの女中が障子を開けて、現われた。

「内儀と庄助を呼んで来ておくれ」

「はい」

元気のよい声で、母屋のほうに行き、やがて、上品な婦人と二十四、五歳の男が現われ、庄五郎の斜め後ろに腰を下ろした。

「妻のかやに、伜の庄助でございます」

庄五郎がふたりを引き合わせた。

「青柳剣之助と申します」

「志乃と申します」

剣之助と志乃は頭を下げた。

「さあ、頭をお上げになって。主人から伺っております。どうぞ、ここを我が家とお思いになって、ご自由にお過ごしください」

内儀のかやが柔らかな言葉づかいで言う。

「もったいないお言葉」

細面の上品な顔立ちから、ひょっとして京育ちかもしれないと思った。

「庄助です。何か困ったことがあれば、私になんでも言ってください」

庄助はきりりとした顔つきの男だった。眼光の鋭いところは、庄五郎に似ている。やり手の商人という風格があった。

それから、内儀のかやが、さっきの女中を呼び、

「女中のまつにございます。これからは、何ごとも、このまつにお命じください」

と、まつを引き合わせた。

すぐに、庄五郎が口を開いた。

「店のことや、奉公人のことなどは、おいおいわかっていくでしょう。奉公人には、青柳さまがここにお住まいになられることは話してありますから、なにも遠慮はいりません」

「なにからなにまで、ありがとうございます」

剣之助は恐縮して言う。

「では、二、三日はのんびりお過ごしください。その間、酒田の町を見物なさってはいかがでしょうか」

それから、三日間、剣之助は志乃といっしょに酒田の町を見て歩いた。

酒田は庄内藩であり、譜代である酒井家十四万石の城下町は鶴岡であるが、この酒田は町人の町として栄え、町政は三十六人衆の代表によって行なわれている。

その鶴岡と酒田の行き来は、最上川から分かれる赤川を走る舟便だという。元禄の頃、芭蕉は鶴岡から赤川、最上川を船で下って来たという。

剣之助と志乃は、その船着場まで行き、そのうち、城下町の鶴岡に行ってみたいと思った。


三日目の夕刻、離れを訪れた庄五郎に、剣之助は言った。

「そろそろ、働かせていただきとうございます。なんでも、ご命じください」

「わかりました。それでは、青柳さまにはお願いしたいことを申し上げます。じつは、この酒田は火事の多いところにございます。北西から吹く季節風が強く、数年前には、一年の間に染谷小路と出町から出火し、二度も大火に見舞われました。ほとんど失火でございますが、中には付け火もあり、また落雷による出火もございました」

庄五郎は顔を庭に向け、

「あそこに松が植えてあります。あそこだけでなく、どの屋敷内にも塀の内側に松が植えられております。また、町中に松が植えつけられた空き地があるのにお気づきでしょうか。あの空き地は火災の延焼を食い止めるために設けてあります」

火事が多いと聞いて、剣之助は風烈廻りの父を思い出した。

「我ら三十六人衆の重要な役目に火を防ぐことがあります。そこで、青柳さまには、風の強い日などに町を巡回し、火の用心に務めていただきとうございます」

それはちょっと意外な役目だった。まさに、父剣一郎と同じだからだ。しかし、与えられた任務に責任を持つ。剣之助は心を引き締めて、

「はい。わかりました」

と、頷いた。次を待っても、庄五郎の口から新たな言葉は出て来ない。

「あとは？」

剣之助は催促するようにきいた。

「風のない日は何をいたさばよろしいでしょうか」

「さようでございますな」

庄五郎は少し眉を寄せ、

「藩は城下町に学問の場所を用意いたしておりますが、酒田のような湊町にはございません。鶴岡には致道館という教えの場がありますが、なにせ遠ございます。なにより、お侍の子しか学べません。その代わり、酒田には寺子屋がたくさん出来ております。こちらの子は商人、あるいは職人になるのですから、それにふさわしいものを学べばよいことですので……」

学問のことを話しだした庄五郎に、剣之助は戸惑った。

「それでも、読み、書き、そろばん以外にも論語を教えようという塾も出来ております。その中で、私がぜひにと懇願して来ていただいた学者の先生が家塾を開いております。致道館で教えておられた学者のお方です。どうでしょうか。風のない日は、そこに出向いて学問をなさっては。それから、隠居したとはいえ、剣の達人もおります。そのお方のところで剣術の稽古をなさってはいかがでしょうか」

剣之助は唖然として庄五郎の顔を見た。

「万屋さん。私は仕事のことをお話ししているのですが」

「仕事はさっき申しました火の用心の巡回をしていただくことにございます。それ以外には、学問と剣術にお励みください。志乃さまには、出来ましたら、お店の客間でお花を活けてくださると幸いにございます」

「でも、それだけでは、この部屋の家賃や暮らしを立てるためのお金に……」

剣之助は不安を口にした。

「それは心配ご無用に願います。十分とは言えませぬが、それなりのことはさせていただきます」

「それでは。あまりにも……」

剣之助はここではじめて不審感を抱いた。

「おそれながら、万屋さんは」

ここには江戸の商人もやって来る。そういった者から江戸のことが耳に入る機会も多いだろう。

ひょっとして、万屋庄五郎は青痣与力と異名をとる父のことを知っていて、父の子だから、これほどの優遇をしてくれるのではないかと思ったのだ。

もし、そうであれば、剣之助はこの話を断るつもりだった。

「万屋さんは私の父をご存じでは？」

剣之助の強い眼差しに、庄五郎は戸惑ったように、

「青柳さまのお父上を？　いえ」

と、否定した。

剣之助は庄五郎の大きな目を見つめた。嘘ではないと、剣之助は思った。

「失礼いたしました」

剣之助は素直に詫びた。

「いったい、どうなさったのですか」

「はい」

少し迷ったが、剣之助は正直に気持ちを打ち明けた。

「あまりにも思いがけぬ万屋さんのご好意は、ひょっとして私の父に頼まれたからではないかと邪推してしまったのでございます。どうぞ、お許しください」

剣之助は深々と頭を下げた。

「なるほど」

庄五郎は真顔になり、

「もし、そうだとしたら、どうなさるおつもりでしたか」

と、鋭くきいた。

「失礼ながら、ご好意をお断りするつもりでした」

「そうですか」

庄五郎はしばし目を閉じていたので、機嫌を損ねたのかもしれないと、剣之助は気持ちが沈んだ。

やっと、庄五郎が目を開けた。

「私は商人でございます。商人は、まず儲けを考えます。その儲けも目先のことよりも、もっとずっと先のことも」

庄五郎が何を言いだしたのか、剣之助にはにわかに理解出来なかった。

「当面、損をしても、将来の得をとる。私は青柳さまの、その将来に賭けてみたくなったのでございます」

「私の将来?」

「さようでございます。私は、あなたは一角（ひとかど）の人物になられると見ました」

思いがけない言葉に、剣之助はすぐに答えることが出来なかった。

「わかりません。私ごときに」

やっと、剣之助は声を発した。

剣之助は、自分のどこが庄五郎から見込まれたのか、わからなかった。庄五郎の前で、優れた技量を発揮したとか、あるいは何かをしたとかあればともかく、庄五郎とは出会ったばかりなのだ。

が、庄五郎に見込まれたのは間違いないようだった。

「いったい、私のどこに、将来を賭けてみようと思うものを見いだしたというのでしょうか。私にはさっぱりわかりかねます」

剣之助は正直にきいた。

「剣之助さまの顔つきにございます」

庄五郎は力強い声で言った。

「私の顔つき？」

「面魂といっては失礼かと存じますが、剣之助さまは何かをなしとげようとする面構えに見受けられました。先ほども申し上げましたが、私は商人でございます。商人は損得で行動をいたします。利のないものには、興味もありません」

「それは買いかぶりというものでございます」

剣之助は面映い気持ちで答える。

「いえ。私の見立てに狂いはございません。利を得るのが、五年先か、十年先か、それはわかりませんが、そこは賭けでございます」

「もし、私が万屋さんの期待どおりの人間になれなかったとき、私には万屋さんにお返しすべきものを何も持たないということになります。そうしますと、たいへんな損失を被ることになるのではありませぬか」

剣之助の訴えに、庄五郎はふと笑みを湛え、

「そのときは、私に見る目がなかったということであり、青柳さまの責任ではありません。賭けには、危険はつきもの。ただ、口幅ったいことを言うようですが、私は自分の目には自信があります」

剣之助は言葉がなかった。

「青柳さま。どうぞ、この万屋の賭けに乗っかってくださいませ。私は五年、十年先を見据えております」

「そこまで仰られたら、私も……」

剣之助は両手をつき、

「虫がよすぎると心苦しいのですが、お言葉に甘えて、お世話になることにいたします。どうぞ、よろしくお願いいたします」

と、志乃といっしょに礼を申し述べた。

それから、剣之助と志乃の新しい生活が、『万屋』ではじまったのだ。

剣之助は朝起きると、庭に出て木刀にて素振りを行なう。これは、およねの兄の実家に世話になっていたときからの習慣だった。

剣之助は木刀を青眼に構え、目を閉じる。風の動き、空気の流れを肌にとらえる。風の流れの僅かな変化をとらえ、上段に構えを移し、振りかざす。

水平の位置で木刀をぴたっと止める。今度はゆっくり、剣を肩に担ぐように構え、肘をぐっと上げる。

このような構えは、剣之助が修めた江戸柳生の流れを汲む真下流にもない。今、剣之助は新しい剣技に挑んでいるのだ。

それは風と一体となることだ。しかし、剣之助の技量はそこに到底及ばない。

一年ほど前、江戸から酒田に向かう途中、奥州街道と分かれ、七ヶ宿街道こと羽州街道に入った。

津軽藩、秋田藩、庄内藩などの大名が参勤交代で利用する街道だが、そこの最初の小坂宿で、破けた墨染め衣の旅の老僧が病気で苦しんでいるのを剣之助と志乃は助けてやった。そして、養生のためのお金を医者に渡して、あとのことを頼んで出発しようとしたとき、その老僧は、礼にといって、病をおして剣之助を宿場外れの野原に連れて行き、不思議な剣技を披露してくれた。

それが風と一体となることだった。

老僧は剣之助に剣をかまえさせ、自身は小枝を構えた。剣之助が間合いを詰めて、間境いに入ったと思ったとき、相手は気がつかないうちに間境いの外にいた。

また、剣之助が打ち込むと、年寄りは小枝で受け止めた。が、つぎの瞬間、剣を握る剣之助の手が小枝の枝もとで衝かれ、覚えず剣を落としてしまった。

「なんという技ですか」

びっくりして、剣之助はきいた。

「名などどうでもよい。はじめのは、相手から斬られぬ剣。今のは相手を斬らぬ剣だ。風と一体となれば、相手の気を肌で感じる。無意識の動き。殺さぬ剣を修行せよ」

病人とは思えぬ、また年寄りとは思えぬ力強い声で、剣之助に言い、老僧は去って行った。

それ以来、剣之助は、風と一体となり、相手を殺さぬ剣の修行にひとりで励んでいるのだった。

汗が額から滴り、背中にもびっしょりと汗をかいてきてから、剣之助は稽古をやめる。

志乃が桶に水を汲んで待っていてくれ、手拭いで汗を拭く。

「いかがですか」

志乃もまた、あの不思議な旅の老僧から教わった剣技のことは知っていた。

「まだだ。そんな簡単に習得出来るものでもないからね」

汗を流したあとのすがすがしい気持ちで、剣之助は言う。

それから、朝餉をとり、寺町にある金子樹犀という学者が開いている家塾に通う。

それが、剣之助の日課になった。

ある日の夕方だった。

剣之助が、家塾から『万屋』の離れに帰ったとき、おまつという女中が剣之助の顔を不思議そうに見た。

「あら、もう、お帰りなのですか」

おまつの言い方も妙だった。

「えっ、どうしてですか。いつもの時間ですが」

「だって、さっき、志乃さまが……。あら、志乃さまは？」

剣之助の後ろを見て、おまつは眉をひそめた。

「志乃がどうかいたしましたか」

剣之助はさっと身内を緊張させた。

「だって、さっき、剣之助さまのお使いがやって来られて」

おまつが顔色を変えて、

「まさか、偽(にせ)の使い……」

と、口を半開きにした。

「おまつさん。どこに呼び出されたかわかりますか」

剣之助は焦った。

そこに、庄助が駆け込んで来た。

「お志乃さんは、『俵屋』です。さっき、お志乃さんが『俵屋』に入って行くのを見ました」

『俵屋』は川沿いにある料理屋だ。

「行って来ます」

剣之助は走った。剣之助には、志乃を呼び出した相手に想像がついた。あの連中だ。

郡奉行の伜の荻島信次郎と、その取り巻きの連中だ。志乃の身に万一のことがあれば、剣之助は奴らを斬り捨て、自害して果てる。それほどの覚悟で、川に向かって走った。

そのときの剣之助の脳裏からは、旅の老僧から教わった、相手を殺さぬ剣のことはすっかり消えていた。

志乃、待っていろ。わめきながら、剣之助は走った。すれ違った男が、びっくりした顔で見送っていたのがわかった。

黒板塀の『俵屋』にやって来て、玄関に駆け込んだ。

仲居に、剣之助は言った。

「志乃と申す女が来たと思います。そこに、案内を」

「はい。どうぞ」

その剣幕に気圧(けお)されたように、仲居は声を出した。

剣之助が板敷きの間に上がるのを待って、仲居は奥の廊下に向かった。賑やかな声が聞こえて来る。

内庭の見える部屋の前で、仲居が立ち止まった。

「お連れさまが、お見えになりました」

仲居は妙なことを言って、障子を開けた。

上座に荻島信次郎がでんと座り、その前に志乃がいた。それを例の連中が取り囲んでいる。

「志乃」

「剣之助さま」

剣之助は志乃をかばうようにして、荻島信次郎の前に座った。

「これはいったいどういうことですか」

「志乃どのの酌で、酒を呑みたいと思ったのよ」

荻島信次郎が悪びれぬ態度で言う。

「志乃は私の妻です。酌婦ではありませぬ」

剣之助は鋭い声を発した。

「堅いことを言うな」

荻島信次郎が脇息にもたれ、片手に 盃 を持ったまま、顔を不機嫌そうに歪めた。

「失礼します」

剣之助は、志乃の手を摑んで立ち上がった。

取り巻きの若い侍が気色ばんで、片膝を立てた。別の侍が刀を持って来た。

「よせ」

荻島信次郎が仲間をたしなめてから、

「おい、青柳剣之助、このまま引き上げるのは無粋ではないか。俺の酌を受けろ」

と、徳利をつまんだ。

剣之助は荻島信次郎の前に座った。後ろに志乃が腰を下ろす。

「さあ」

荻島信次郎が盃を寄越した。剣之助がそれを受け取ると、今度は荻島信次郎は徳利を持った。

剣之助は盃を差し出す。

荻島信次郎が酌をする。盃になみなみと注がれた。

一瞬臆しながら、剣之助は盃を口に運んだ。そして、いっきに喉に流し込んだ。

空になった盃を返す。受け取った荻島信次郎はにやりと笑い、

「こっちも注いでもらおう」

と、盃を突き出した。

剣之助が徳利を掴むと、それを志乃が横から取り上げた。

「わたくしから」

志乃は膝で前に進み、驚いている荻島信次郎の盃に酒を差した。

荻島信次郎が盃を飲み干すのを待って、

「それでは、失礼いたします」

と、志乃は堂々と挨拶をした。

料理屋の外に出ると、剣之助は急に酔いがまわってきた。

「たった盃一杯の酒で、この体たらく。修行が足りないな」

剣之助は自嘲した。

「それにしても、なぜ、酒を注いだのだ？」

剣之助は疑問を口にした。

「あの御方の面目を保つためにございます」

「面目？」

「はい。あのまま、わたくしが引き上げてしまいましたら、あの御方の立場がなくなると思ったのでございます」

「しかし、あの者は、そなたを騙(だま)して、あそこに連れ込んだのだぞ」

剣之助は意外そうに言う。

「そのことは許しがたいことですが、あのままでは恨みだけを残すことになってしまいます。今後のことを考えて、あのようなことをいたしました。いけなかったでしょうか」

志乃が救いを求めるような目を向けた。

「いや。よくやった。正直、ほっとしたのだ。志乃はよくやった」

「まあ、ほめてくださるのですか」

「ああ、もちろんだ」

「うれしい。では、帰ったら、今度は剣之助さまにお酌をして差し上げます」

「いや、私は酒はちょっと」

「いけません。少しぐらいはお呑みになれなければ」

志乃は笑いながら言った。

「志乃と……」

剣之助は言い差した。

「なんでございますか」

「志乃といっしょになって、私は仕合わせだ」

そう言いながら、やはり少し酔っているのかもしれないと、剣之助は思った。

五

長い回顧から、剣之助は我に返った。

皓々(こうこう)たる月の光が庭に射している。この月明かりは、江戸の八丁堀の屋敷にも射しているだろう。

先日、やって来た文七に江戸の様子を聞いて安心したが、その文七からこっちの話も聞き、父も母も安心したに違いない。

最近、ふとしたときに妙に江戸が恋しくなる。しかし、志乃の許嫁(いいなずけ)だった脇田清十朗の気持ちを考えたら、おいそれと江戸には帰れないのだ。

酒田に来てからのことを振り返り、剣之助は自分は恵まれていると思った。

万屋庄五郎に目をかけられたことが、運を開くきっかけになったことを考えれば、庄五郎は恩人であった。

その庄五郎がやって来た。

「少し、よろしいですかな」

「はい、どうぞ」

剣之助は部屋に庄五郎を招じた。

「じつは、きょうの昼間、雲水が青柳さんを訪ねて来ました」

煙草入れから煙管を出して、庄五郎が口を開いた。

「雲水？　どんなひとですか」

剣之助は不思議に思ってきいた。

「ぼろのような衣をまとった旅の老僧です」

あっと、剣之助は叫んだ。

「ご存じですか」

「はい。七ヶ宿街道の小坂宿でお会いしました、私の師でございます。そうですか、では、病は癒えたのですね。よかった。で、何か言っていましたか」

「はい。明日いっぱいは日和山にいるとのことでございます」

「日和山のどこでしょうか」

「さあ、聞いておりませぬ。おそらく、来る気があれば、探せということだろうと思いますが」

「おそらく、そうでしょう」

剣之助は迷わず、

「これから行ってみようと思います」

と、口にした。

まだ、五つ（午後八時）を過ぎたばかりだ。

「そう仰るだろうと思いました。誰か、つけましょう」

「いや。だいじょうぶです。提灯をお借り願えれば」

「さようですか」

庄五郎は志乃の顔色を窺った。

志乃が頷くのを見て、庄五郎はにこりと笑った。

「では、お気をつけて行ってらっしゃいませ」

「志乃、出掛けて来る」

剣之助は着替え、刀を腰に差し、提灯を持って本町通りに出た。

月が出ているので、提灯の明かりは必要ないくらいだが、師は月影に隠れた場所にいるに違いない。

向かうは湊のほうである。本町通りから中町通りに出て日和山に向かう。途中から、上り坂になって来た。

船宿の主人や船頭たちが、天候や風向きを見るために上った小高い丘を日和山という。それによって、船を出帆させるかどうかを判断するのだ。

登り詰めたところに、常夜灯があった。沖合からの目印のためだ。

ここから、日本海と湊内が見渡せるが、今は暗く、所々に明かりが灯(とも)っているだけだ。

月が雲間に隠れ、辺りは暗くなった。

剣之助は提灯の明かりをかざしながら辺りを歩き回った。

「先生、青柳剣之助です」

植込みの暗がりに明かりを向けて、声をかける。

ふと、思いついて海向寺に向かった。ここの忠海上人は、衆生を救うため自身が身代わりになって苦しみを受け、一千日の修行を積み、即身仏になったという。

海向寺の近くの松林の中に、剣之助は誘われるように入って行った。

「先生、剣之助です」

あの先生はどうせ野宿だ。野宿出来そうな場所を探した。

背後で声がした。

「ここだ」

剣之助は振り向いた。小さな黒い影が闇に浮かんだ。剣之助は提灯の明かりを向けた。ぼろをまとった老人。

「あっ、先生」

剣之助は駆け寄った。

「お会いしとうございました。よく、あそこにいることがわかりましたね」

「探した。だが、噂を耳にした。若いのに腕の立つのが、『万屋』に居候していると
な」

「ひょっとして、盛り場にたむろしていた連中ではありませんか」

時蔵というごろつきが噂をしていたのだろうと想像した。

「先生、これから、私の部屋に行きましょう。話はそれから」

「剣之助」

師は鋭い声で言う。

「行けぬ」

「なぜでございますか」

「わしのような男がやっかいになるわけにはいかぬ」

「だいじょうぶです。万屋さんはそんなお方ではありません。さあ、先生」

「万屋庄五郎という男。たいした人物だ。そなたが、ここに来たことでもわかる」

「ならば、ぜひ」

「いや。無限の空の下こそ、わしの修行の場だ。それより、剣之助、励んでおるか」

「はい。でも、なかなか思うようにいきませぬ」

この一年ばかり、剣之助は老僧から教えを受けた剣技の習得に励んで来た。だが、弱い相手なら、うまく使えても、腕の立つ者には自信がない。

「剣之助。相手をしよう」

師は小枝を拾い、再び月明かりの射す場所に移動した。

剣之助は火を消し、樹の根元に提灯を置いた。

「さあ、来い」

剣之助は抜刀し、青眼に構えた。

師は片手で小枝を構える。

じりじり師が間合いを詰めて来た。剣之助は自然体に立って剣を構えている。

間境いに入った。だが、剣之助は間境いから逃れられなかった。その瞬間、小枝が剣之助の眉間を狙って振り下ろされた。

剣之助は剣で受け止めた。小枝とは思えぬ力で、師が押してくる。剣之助は無意識のうちに、剣を後ろに倒し、左ひじをぐいと上げて、相手の腕に当てた。そして、すぐさま、柄頭で、師の手首を打ちつけに行った。

だが、それは空を切り、気がつくと、師は後退って少し先に離れて立っていた。

「剣之助、見事」

師が褒めた。

「今の呼吸を忘れるな」

「はい。でも、先生、間合いを摑むことは出来ませんでした」

「剣之助。間合いを詰めて来い」

そう言い、師は小枝を構えた。

剣之助は青眼に構え、じりじりと間合いを詰める。そして、間境いに入ったと思ったとき、いつ動いたのか、師の体が後ろに下がっていた。僅かながら、剣尖の届かない場所にいる。

また、間合いを詰めた。だが、詰まったと思ったら、師はまた離れている。これに気づかずに斬りかかっていけば、相手の衣服を裂くのが精一杯で、その間に相手は踏み込んで来て、こっちの手首を打ちつける。

「剣之助。風の動き、気の動きぞ。修行せい。さらばだ」

折から雲間に月が隠れ、辺りは暗くなった。その暗やみに紛れて、師の体が消えた。

「先生」

剣之助は叫ぶ。

「先生、どちらへ。こんど、どこでお会い出来ましょうか」

「湯殿山」

その声を最後に、師は忽然と消えた。

不思議なお方だ、と剣之助は呆然とその場に立っていた。

第三章　暗殺者

一

六月六日。炎暑の中、金魚売りの声が涼しげに聞こえる。

剣一郎は深編笠をかぶり、町中を見廻った。南北の同心やその手の者が商家に入って行き、戸締りの徹底を呼びかけている。

あれから二カ月、ついに『丸子屋』の押し込みを解決出来ぬまま、今日に至っている。例の押し込みの連中もずっと鳴りを潜めたままだ。

だが、最近になって、再び緊張感に包まれていた。

八カ月前の行徳河岸にある廻船問屋『大海屋』、その二カ月後に横山町にある呉服問屋『生駒屋』、そして、さらに二カ月後に須田町の蠟燭問屋が襲われ、その二カ月後に質屋の『丸子屋』が襲われたのだ。

その計算からいくと、そろそろ新たな押し込みがある可能性があるのだ。

先のふたつの押し込みは、女が絡んでいる。夜中に武家姿の女が脇戸を叩き、家人を油断させて戸を開けさせて侵入するという手口だ。そのあとの二件は、身軽な者が屋根づたいに庭に忍び込み、裏口を開けて仲間を引き入れ、雨戸を強引にこじあけて屋内に侵入している。

その侵入手口の違いはあるが、いずれも主人夫婦を惨殺するなど乱暴な手段で金を強奪しており、同じ一味の仕業であるという公算が大きい。

なぜ、侵入の手口を変えたのか。おそらく、女を使って戸を開けさせるという手口が知れ渡り、通用しなくなったと考えたからではないか。

剣一郎は両国橋を渡り、本所南割下水にやって来た。

それとなく、飯尾吉太郎の屋敷を見るためである。

剣一郎は、飯尾吉太郎に疑惑の目を向けている。『丸子屋』が襲われた夜、剣一郎は『とみ川』で、飯尾吉太郎と会っていた。

だが、そもそも、あの呼び出し自体が怪しいと、剣一郎は睨んでいたのだ。

あれは、飯尾吉太郎の剣一郎への挑戦だったのではないか。

あの夜、飯尾は酔ったふうを装っていたが、決して酔ってなどいなかったと、剣一郎は見ている。

剣一郎が『とみ川』を引き上げ、京橋を渡ったところで、何者かの視線を感じた。あれは、仲間が剣一郎が屋敷に帰るのを確かめるために待ち伏せていたのではないかと、剣一郎は思っている。

その者は、その後、飯尾吉太郎と落ち合ったのだ。そして、『丸子屋』を襲撃した。『丸子屋』の押し込みの密告が北町奉行所のみにあったのは、あの事件を北町預かりにさせたかったからであろう。

すなわち、剣一郎に手を出させないようにする。そこにも、剣一郎に対する激しい敵愾心が窺えるのだ。

そもそもの飯尾吉太郎との最初の出会いは、西堀留川沿いに賊を追っているときだった。そこに行き交ったのが飯尾吉太郎だった。

千鳥足で酔いを演じていたが、酒の匂いは感じられなかった。その前に賊をとらえようとしたときに小柄を投げて邪魔をした者がいたが、その者こそ、飯尾吉太郎ではないかと疑ったのだ。

しかし、残念なことに、剣一郎にも飯尾吉太郎が怪しいと言い切るだけの証拠を持ち得なかった。ただの心証だけだった。

そして、心のどこかに直参が押し込みにまで手を出すのか、という疑問も消えなかった。

当初は植村京之進ら定町廻りや隠密廻り同心の手を借りて、飯尾の屋敷に出入りをする無頼漢とも思える者たちの探索をしたが、容易に尻尾を出さなかった。

今では、京之進たちの目も、飯尾吉太郎から他に向いている。だが、剣一郎はどうしても、飯尾吉太郎に引っ掛かりを覚えるのだ。

家宝を売りさばいている気配はないが、しょっちゅう上司への付け届け、それと接待をしている。金の出所は不明のままだった。

両扉の冠木門の前を通ると、門の内側から、射るような視線を感じた。剣一郎はそのまま歩調を緩めず、行き過ぎた。

見張りをおいているところを見ると、かなり警戒しているようだ。いったい、なぜ、あのように警戒しているのだろうか。

それから、剣一郎は本所回向院前に戻り、水茶屋に入った。縁台に腰を下ろしたが、剣一郎は笠をかぶったまま、茶汲み女に茶を頼んだ。

しばらくして、すぐ近くに小間物屋が荷を下ろして座った。文七だった。飯尾吉太郎の屋敷を遠くから見張っていたのだ。

剣一郎の姿を見つけ、あとをつけて来たのである。

「どうだ？」

笠の内から、剣一郎はきいた。

「特に目立った動きはありません。だが、最近、警戒が厳しいようです」

「うむ。それはわしも感じた。いったい、何があったのだろうか」

「見当がつきません」

「相変わらず、いつもの人相のよくない連中は出入りをしているのか」

「はい。ただ」

文七が言葉を切った。

「なんだ」

「あっしの勘違いかもしれないんですが、前に見かけた浪人の姿が見えないんです」

「浪人？」

「へえ。背の高いがっしりした体つきの浪人を何度か目にしました。鼻がやけに高かったのが印象にあります」

ここまで、ただ手を拱いて見ていたわけではない。飯尾吉太郎の屋敷に出入りをする浪人やごろつきふうの男たちの身元を洗って来た。全部で五人。

その中に、小柄な清八という男がいた。身軽そうな男で、剣一郎が屋根の上にいるのを見た男に似ていたが、確証はない。

さらに、その五人を個々に尾行して、立ち寄り先を調べたりしたが、誰も尻尾を出さなかった。今では、名前もわかっているが、怪しい気振りは見せなかった。しかし、尾行を気にするなど、明らかに素人ではない動きに、疑いは増す。それに、仕事をしていないのに、金まわりはいい。ただ、そのへんのごろつきとは違う。飯尾吉太郎を中心にかなりまとまりのある連中だとわかった。それだけ手ごわい相手だった。

「ところが、その男を、ここひと月以上見かけません。偶然、目につかないだけだと思っていたのですが、どうもあの屋敷にいまは出入りをしていないようです」

文七がさりげない仕種(しぐさ)で汗を拭きながら言う。

「その男は『丸子屋』の押し込みの前までは確かにいたのだな」

「おりました。青柳さまから、飯尾吉太郎を調べるように言われて、あの屋敷を見張りましたが、何度も見かけました」

「『丸子屋』の押し込みのあと、姿を消したというのか」

剣一郎は首をひねった。

茶を運んで来た茶汲み女が去るのを待って、文七は続けた。

「あっしが屋敷に出入りをしている連中を見た中では、あの浪人が一番、腕も立ち、飯尾吉太郎がもっとも信頼を寄せていたのかもしれません」

注意深く言っているが、押し込みの頭目格かもしれないと、文七は言っているのだ。

「そんな浪人がいたのか」

「へい」

ひょっとして、と剣一郎は湯飲みを口に運ぶ手を休めた。

あの小柄を投げたのは、その浪人かもしれないと、剣一郎は思った。

押し込みの際、飯尾吉太郎はまさか屋内に忍び込みはしないのではないか。外で、待機している。すると、実質の押し込みの指揮をとっているのは、その浪人かもしれない。

「なんとか、その浪人のことを詳しく調べてくれ」

「へい」

剣一郎は茶を飲み干し、茶代を置いて水茶屋を出た。

飯尾吉太郎らが鳴りを潜めているのは、その浪人がいないからかもしれない。いったい、その浪人はどうしたというのか。飯尾吉太郎と喧嘩別れでもしたのか。

もし、文七の目が正しければ、飯尾吉太郎は押し込みをしようにも、その浪人がいないので出来ない状態だということになる。

夕方になって、剣一郎が八丁堀の屋敷に帰ると、若党の勘助(かんすけ)が、

「さきほど、『とみ川』から使いが来て、またおむらがいなくなった、ということです」

「おむらがまたいなくなっただと」

剣一郎はふいに飯尾吉太郎の顔が過(よぎ)った。

「女将がお待ちしているそうにございます」

「よし、わかった」

部屋に上がらぬまま、剣一郎は『とみ川』に向かった。


暮六つ（午後六時）には少し間があったが、軒行灯には明かりが入っていた。

剣一郎は『とみ川』の門を潜った。

すっかり掃除をし、客を迎え入れる準備が整い、打ち水された踏み石を踏んで玄関に向かった。

剣一郎の顔を見て女中が奥に知らせに行った。

女将が出て来た。

「青柳さま。どうも、お呼び立てして申し訳ございません」

女将が恐縮したように言う。

「いや。それより、またおむらがいなくなったというのか」

「はい。さあ、どうぞ」

女将は剣一郎を先日と同じ奥の部屋に案内した。

そこで、差し向かいになるなり、女将が続けた。

「ただ、今度は、前回と違います。十日ほど前に、どうしてもお世話になったお方のお見舞いに行きたいので、二日ほど、お暇をくれと、おむらが申し出たのでございます。おむらに、そのようなお方がいるのかと不審に思いましたが、おむらはいい加減な女とは違いますし、仕事もよくしてくれます。それで、そういう事情だったらよいでしょうと、許しました。ところが、四日経っても、帰って来ないのでございます」

「それは妙だな。で、おむらの言う、お世話になった方というのは誰だかわかっているのか」

「駒込の茶店のおばあさんというだけで、あとは言葉を濁しておりました。その駒込に、使いをやりましたが、おむらのことを知っているひとは誰もいません。もっとも別の土地にある茶店ということも考えられますが、どうもおむらは嘘をついていたんじゃないかと思えてならないんです」

「朋輩(ほうばい)も何も聞いてはいないのか」

「はい。何も聞いていませんでした」

「この前といい、今度といい、どうやら、これは同じ問題がありそうだな」

剣一郎の頭には、飯尾吉太郎のことがあったのだ。

「近頃、飯尾どのは来られたか」

「はい。お出でになられます」

「おむらが暇が欲しいと言った十日ほど前も?」

「はい。お見えでした」

「あい、わかった。調べてみる」

剣一郎は飯尾吉太郎に会ってみようと思った。

二

庭で蟬が鳴いている。

寺町の外れにある金子樹犀の屋敷で、書物を読み終わったあと、剣之助は樹犀と将棋を指した。囲碁では負けるが、将棋では剣之助は樹犀と互角の技量だった。

今回は剣之助が優勢に駒を進めていた。

今も剣之助が成り金の駒を進めると、劣勢になった樹犀がひとりごつ。

「我が藩も、いつまでもあの御仁がいる限り……」

剣之助は不思議そうに樹犀の顔を見つめた。

「先生。何か」

「えっ。あっ、いや」

樹犀はあわてたような顔になった。

しかし、将棋に夢中になっていて、つい口から出たという感じではなかった。

囲碁でも将棋でも、樹犀はときたま狡賢(ずるがしこ)い手を使う。気の散るような言葉を囁(ささや)き、集中力を散漫にさせ、いつしか形勢逆転に持って行く。

今の言葉も計算して口にしたのだ。そうわかっていながら、剣之助は気をとられた。

樹犀は手持ちの駒から飛車を盤の隅に置いた。その意味を、剣之助は考えるより、樹犀の漏らした言葉が気になった。

樹犀は計算して相手の動揺を誘うような言葉を吐くが、内容は決して作り話ではない。いつも、ほんとうのことを言っているのだ。

「剣之助の番ぞ」

ちょっと集中力が途切れ、剣之助は急かされるままに、成り金を動かした。次は、詰まる場所だ。だが、そこが飛車の移動範囲にすっぽり入っていることに気づかなかった。

「剣之助。そなたは、まだ修行が足りぬ」

そう言い、樹犀は飛車をつまんだ。

あっと、剣之助は目を見張った。王を詰みに行った成り金の上に、樹犀は飛車を置いた。樹犀がくっくと笑った。

それからの展開はまったく不本意なものだった。

気がついたとき、剣之助の王は身動き出来なくなっていた。

「剣之助。相手の一言で動揺し、目の前の状況を見失うとはなんたる失態か」

狡さを棚に上げ、樹犀は諭す。

だが、剣之助はさっきの言葉が気になってならない。

「先生。先程の言葉」

「はて、何かな」

樹犀はとぼけた。

「我が藩も、いつまでもあの御仁がいる限り……と、仰いました」

「さあ、どうであったか」

「どういうことでございましょうか」

「いや。気にすることはない」

「先生」

剣之助は一歩も引かないように言う。

「はて。剣之助はこれほど頑固であったか」

樹犀はうんざりしたように言う。

「どうか、教えてください。先生は、決して偽りは仰いません。あの御仁というのはどなたでしょうか。そして、先生の言葉の裏には何か……」

「何かとは？」

樹犀が逆にきく。

「何か、不穏な動きを期待するような響きが……」

剣之助は思い切って言った。

「ばかな」

樹犀は笑ったが、目は笑っていない。

やがて、樹犀は真顔になった。

「剣之助」

「はい」

「これから話すことは他言無用ぞ。よいな」

「はい」

樹犀は厳しい顔になって、

「藩の財政を支えているのは誰か」

と、いきなりきいた。

「それは三十六人衆ではございませんか」

戦国末期から、酒田では町人の代表として三十六人が選ばれ、この者たちの自治によって町政が司(つかさど)られてきた。

さらに、酒田湊に絡む商取引もすべてこの三十六人衆を中心に行なわれている。この三十六人衆は富裕商人であり、庄内藩はこの三十六人衆に御用金を割り当てている。

そういう話を聞いていたので、藩の財政を支えているのは誰かときかれ、三十六人衆ではございませんかと答えたのだ。

「違うのですか」

返事がないので、剣之助は確かめた。

「違う、庄内藩の財政を支えているのは農民だ。昔から、農民は収穫物のほとんどを年貢にとられていた。『四季農戒書』には、農民は領主・地頭や代官・肝煎などの支配には絶対服従と書いてある」

確かに、およねの兄幸作の家で世話になっているとき、農民のたいへんな労働を目にした。そして、収穫物のほとんどをとられていくという話を、剣一郎は聞いていた。

「庄内藩でも、農民に対する奢侈(しゃし)禁止令が出された。衣類は布・木綿(もめん)にすること。雨具は蓑笠(みの)のみ。足袋(たび)を履(は)いてはならぬ、家財道具も上等なものを用いてはならぬ、村中の寄合に賄い物は出してはならず、手作りの酒もいけないなど。祝言の仕度も、制限されている。つまり、農民は米だけ作っていればよいということだ」

樹犀は痛烈に、支配者側を批判した。

「そんな農民の土地をどんどん手に入れて大きくなっている商人がいる。廻船問屋でありながら、農民たちに土地を担保にどんどん金を貸していった。農民が金を返せなくなったら土地を取り上げる。そんな強引な方法で大地主になって、豪商と呼ばれるようになった者がいる」

樹屖が痛烈に非難した。

「誰でございますか」

樹屖の目が鈍く光った。

「海産物問屋の『津野屋』だ」

「『津野屋』？　三十六人衆のひとりですか」

「いや。入っていない」

「入っていない？　三十六人衆の中にはいないのですか」

「さよう。だが、それこそ、禍根の元だ」

樹屖が嘆くように顔を上に向けた。

「剣之助。三十六人衆はどのように決まるか知っておるのか」

「いえ。ただ、一度、泉流寺を訪れたとき、藤原秀衡の妹とか後室とかいわれている徳尼公のことを聞きました。平泉からいっしょに来た三十六人の遺臣が地侍となり、町づくりをしていったと」

「そもそも、酒田湊の廻船問屋は地元の人間ではなく、よそから来た者が多い。これらの者が、結束を図るために、高貴なものへの憧れもあって、そういう伝説を作り上げたのであろう」

　樹犀は言ってから、

「この三十六人衆は、本町に住み、廻船問屋を営む者の中から家柄、人物、資産などを考えて御町奉行所で決められたのだ。したがって、商売がうまくいかず、家計が苦しくなれば三十六人衆から抜け出なければならない。かといって、代わりの者がすぐに三十六人衆に入れるというわけではない。それだけ、三十六人衆というのは、格式が高いものなのだ」

「すると、海産物問屋の『津野屋』は、その三十六人衆の中に加わりたいと御町奉行所に願い出ているのですね」

　剣之助は興味を惹かれてきいた。

「さよう。そのために、『津野屋』はご城代に取り入っている。いや、もともとこのふたりの結びつきは強かったようだが。ともかく、このご城代は、御町奉行の山中伝太夫に強い権限を持っておる。そういうことだ」

　いきなり、話のけりをつけるように言った。

「あの御仁とは誰のことでございますか」

「さて。少し、喋りすぎたようだ」

樹犀は顎に手をやった。

「ご城代のことですか」

「さて、もうだいぶ陽が陰った。また、明日にしようぞ」

老獪な樹犀は、もう剣之助に付け入る隙を与えなかった。

「剣之助。きょうは、わしの勝ちぞ」

クックッと、奇妙な声で、樹犀はうれしそうに笑った。そこには、偉大な儒学者の面影はなかった。


その夜、剣之助は夕餉のあとに、女中のおまつに頼み、庄五郎に来てもらった。

「本来なら、こちらから出向かねばならぬのに、お呼び立てして申し訳ありません」

部屋で、差し向かいになってから、剣之助は非礼を詫びた。

「なにを仰いますか。遠慮なく、お呼びつけください」

庄五郎は笑みを湛えて応じたが、すぐに笑みを引っ込めて、

「何か、ございましたか」

と、きいた。

「はい。いえ、たいしたことではないのですが、すこし教えていただきたいことがございまして」

剣之助は遠慮がちに言う。

「なんなりと」

庄五郎は促した。

それでは、と剣之助は切り出した。

「海産物問屋の『津野屋』さんとは、どのような御方なのでしょうか」

「津野屋さんでございますか」

庄五郎の眉根の辺りが、微かに曇ったのを、剣之助は見逃さなかった。

しばらく、迷っていたが、ようやく庄五郎は口を開いた。

「津野屋六郎兵衛さんは、父親の代に上方からこの地にやって来て、二代でたちまち、店を大きくしました」

「それは、凄まじいですね」

剣之助は目を見張った。

「はい。なかなかのやり手でございます。とくに、奈良、大坂、京の商人と直接取引をしたことが大きかったようです。津野屋さんは米や紅花などを送り、上方からは家す」

具、荒物、仏具などの品物を運び入れ、たちまちのうちに財をなしたのでございま

「それにしても、僅かな期間で、商売を大きくするとはたいそうなことです」

剣之助は感心した。

庄五郎はふと困ったような顔をした。さっきも、眉根の辺りを曇らせたり、津野屋には何かあるのだと思った。

「津野屋さんには何かあるのですね」

その翳の部分に踏み入るように、剣之助はきいた。

またも、庄五郎は戸惑いを見せたが、意を決したように口を開いた。

「じつは、津野屋さんはご城代との結びつきが強いのでございます」

「やはり、そうでしたか」

「おや。剣之助さまはご存じで？」

庄五郎は意外そうな顔になった。

「じつは、樹犀先生がそんなことを漏らしておりました」

「ほう、あの御方が」

「はい。津野屋さんが三十六人衆に加わりたいと願い出ているというお話でした」

「確かに、それは間違いないようです。しかし、三十六人衆は揃っておりますので、その願いも虚しいかと思いますが」

だが、樹犀は、いつまでもあの御仁がいる限り……と口にしたのだ。

あの御仁とは、城代のことではないのか。そのことを言うと、庄五郎は表情を曇らせた。

「確証のあることではありませぬ。あくまでも、噂に過ぎませぬことを、お含みください。じつは、ご城代と津野屋は藩の年貢米をごまかしているのではないかという疑いがあるのです」

「藩の年貢米をごまかしているのですか」

「年貢米を津野屋さんにまわし、上方に売って利益を得ているのではないか。そんな噂があります。もっとも、あくまでも噂に過ぎません。証拠がないのですから」

庄五郎は目を伏せた。

「でも、いくらご城代とはいえ、年貢米の横流しが出来るものですか」

「郷方は郡代の下に郡奉行と代官がおります。これが、いわゆる三役ですが、ご城代はこの三役を掌握しております。ご承知かと思いますが、各郷村にいる代官が豊凶の検見と年貢米の収納などを行ないます。この代官がご城代の意のままに……」

剣之助は、郡奉行の子息の荻島信次郎を思い出した。

あのような放蕩息子を持った郡奉行がどのような人間なのか。やはり、城代の下で、やりたい放題をしているのではないかという疑いさえ持った。

そういう背景を知ったいま、剣之助は荻島信次郎の蛮行に怒りが込み上げてきた。と、同時に、その怒りは城代や郡代たちに向けられた。

「藩のほうでは、このことを問題にされていないのでしょうか」

剣之助は憤慨してきく。

「なんぶん、証拠がないことでございますゆえ。それに、ご城代はいまの藩主の叔父にあたる御方ゆえ、何かと……」

難しいところがあるのだろうが、剣之助の正義心は許さなかった。農民が汗水流して作った米を、代官が津野屋に流し、津野屋が身代を増やしていく。そして、町政に参画しようと目論んでいるなど、許しがたいことだと思った。だが、剣之助は所詮よそ者なのだ。

剣之助の心を察したように、

「剣之助さま。ご安心ください。三十六人衆が揃っている限り、いくら、津野屋さんがご城代に取り入ろうが、その願い入れは聞き届けられません」

と、庄五郎は自分自身にも言い聞かせるように言った。

「それに、私は津野屋さんの願いは聞き入れるつもりはありません」

三十六人衆の中から選ばれる三人の町年寄のひとりとして、断じて拒絶すると、庄五郎は自信を見せた。

だが、剣之助はまたも、荻島信次郎のことを思い出した。

はじめて会ったのも、『万屋』に近いところ。志乃を誘き出したのも、剣之助が『万屋』の離れに世話になっていることを知っていたからだ。

常に、『万屋』の周辺をうろついているような印象がする。

まさか……。剣之助は、いまの庄五郎の話を聞いて、新たな不安を持ったのだ。城代や『津野屋』にとっては庄五郎は邪魔な存在。

荻島信次郎は城代の命を受けて、庄五郎を……。

しかし、その不安を、剣之助は庄五郎の前では口に出来なかった。

三

『とみ川』の女将からおむらの失踪を聞いた二日後、剣一郎は本所南割下水の飯尾吉太郎の屋敷に向かった。

駒込方面にはおむらの目撃者は見つからなかったが、本所近辺で、おむららしい大柄な女を見たという目撃者が何人かいた。やはり、飯尾の屋敷に疑いの目を向けざるを得なかった。

冠木門の前に立った。内側に誰かいる。

扉が開いて、中間ふうの男が顔を出した。鋭い目つきの男だ。

「青柳剣一郎と申す。飯尾さまにお目通りしたい」

剣一郎が言うと、いかつい顔の中間があっさり扉を開けた。

「どうぞ」

剣一郎は門内に入り、玄関に向かう。

すると、いつぞやの用人が待っていた。

「どうぞ、そのままで」

刀を持ったままでよいと言い、玄関脇にある客間に通した。

「お待ちくださいますよう」

用人が部屋を出て行った。

しばらく待たされてから、飯尾吉太郎がやって来た。

「青柳どの。珍しいの」

飯尾は機嫌のよい声で言う。

「ご無沙汰いたしております。飯尾さまにはご機嫌うるわしゅう……」

「そんな堅苦しい挨拶は抜きだ。それより、用件を言われよ」

飯尾は豪快に言う。

「また、『とみ川』のおむらのことにございます」

「おむらがどうかしたのか。まさか、また姿をくらましたとでも言うのか」

飯尾はおかしそうに笑った。

「ご存じでしたか」

剣一郎はわざとそういう言い方をした。

「何がだ？」

「おむらが姿をくらましたことです」

「なに、おむらが姿をくらましたなど」

飯尾はいきなり笑いだした。

「知るわけはない。それにしても、なにかと人騒がせな女子（おなご）よな。いったい、どこへ行ったというのだ」

「こちらにお出でではありませんか」

「ここにだと。青柳どの。ご冗談もほどほどになされよ」

飯尾は顔色を変えた。

「失礼いたしました。妹御のご病気がまだ回復していないとお聞きし、女手がないので、ひょっとしたらと思ったまでです。他意はございません。なにしろ、今回は、きょうで七日になるので、いささか焦っておりましたので、つい言い過ぎました」

剣一郎は謝った。もちろん、口が滑ったのではない。相手の反応を確かめるために、わざと言ったのだ。

「青柳どの。いったい、そなたはどうしてたかが女中ひとりのことで、そんなにむきになっているのだ。おむらは好きな男とどこかで逢い引きをしているのではないか」

「いえ、それにしては七日間はかかり過ぎです。どこかで監禁されている可能性も考えられます」

飯尾吉太郎は微かに眉根を寄せた。

「だが、誰がなんのためにそのようなことをするのだ。こんなことを申しては、おむらに悪いが、おむらは格別に器量がよいというわけではない。また、金を持っているわけではない」

「仰るとおりです」

やはり飯尾吉太郎に対する疑心は消えない。だが、証拠がないことには、どうすることも出来なかった。

強引に、屋敷の中を調べるわけにもいかない。

「それはそうと、あのご浪人はどうなさいましたか」

剣一郎はふいをついてきいた。

「浪人？」

飯尾は怪訝そうな顔になった。

「以前、お見かけしたたくましい体つきの侍です。鼻が高いのが印象的な」

飯尾は眉をひそめた。

「誰のことを言っているのかわからないが、ここにはいろいろな人間が入ったり、出たりしておる。いちいち、顔は覚えていないのでな」

「さようでございましたか」

剣一郎は素直に引き下がった。

「青柳どの。そのうち、また『とみ川』で酒を肴(さかな)に語り合おう」

話を切りあげるように、飯尾吉太郎が言う。

「今度は、私が持ちましょう」

「それもよいな」

飯尾が笑った。

「では、これで」

剣一郎は立ち上がった。

「妹御のお加減はいかがですか」

「思わしくない。じつは、明日、組頭が医師を遣わしてくれることになっている。だが、どんな名医でも難しかろう」

飯尾吉太郎は暗い顔になった。

剣一郎は飯尾の屋敷をあとにしたが、組頭が医師を遣わすということが頭に残っていた。妹の病状がどの程度のものなのか気になった。


翌日の昼過ぎから、剣一郎は回向院前の水茶屋にいた。

きょうは着流しに巻羽織、与力の姿である。

炎天の下、黒半纏を着た駕籠かきに担がれた黒塗りの駕籠が通った。傍らに、薬籠を持った供の者がついている。

駕籠に乗っているのは黄八丈に黒の羽織、坊主頭の男だ。

「あれだ」

剣一郎は横にいた文七に言う。

「じゃあ、行ってまいります」

文七は小間物の荷を背負い、ゆっくり駕籠を追って歩きだした。

それから半刻（一時間）ほど、剣一郎は待った。

まず、文七がやって来た。

「戻って来ます」

「よし」

剣一郎は通りに出た。

向こうから、駕籠がやって来た。

すれ違うとき、剣一郎は声をかけた。

「率爾（そつじ）ながら、お訊（たず）ねしたい」

駕籠かきが足を止めた。

医者が大きな目を向けた。

「拙者は、飯尾吉太郎どのと懇意にしている八丁堀与力青柳剣一郎と申します」

剣一郎は片膝をつくように腰を落とした。

「おう、青痣与力か」

高慢な態度で、医者がきいた。

「なにかな」

駕籠を下ろさせ、医者は言う。

「飯尾どのの妹御を診察されるとお聞きしていました。いかがでございましたか、妹御の様子は？」

「うむ。いかぬな」

駕籠に乗ったまま、医者は難しい顔をした。

「だいぶ、心の臓が弱り、呼吸が荒くなっておる。このままではあとひと月持つか」

「そんなにお悪いのか」

「さよう。前々から寝込んでいたというが……」

医者が暗い顔をした。

「言葉を交わすことは？」

「いや、喋ることは出来ぬ。意識も朦朧としているようだ」

「病名はなんでございましょうか」

「わからぬ。だが、心の臓や他の臓器もだいぶ弱っているようだ」

「そうとう痩せてしまっているのですか」

「いや。そうでもない」

「痩せてはいないのですか」

「思ったほどはな。ただ、もともと大柄な女子だったそうなので、それからいえば、だいぶ痩せたのだろう」

「なるほど」

「まるで、何かの毒を服んだような発疹が体に出来ていた。三ヵ月近くも寝込んでいて、さらにこのような症状が出るのは、ちとわしも経験がない」

「毒を服んだような発疹ですか」

「いや。発疹そのものは薄いものだが……」

医者の話は要領を得ない。

「で、これからの治療は？」

「薬を調合してきた。これを服んで、どの程度回復するかだが」

医者は顔を横に振る。

「これからも、先生は往診に行くのでしょうか」

「いや。一度だけの約束でな。では、失礼する」

医者は駕籠かきに、行けと命じた。

剣一郎は立ち上がって、去って行く駕籠を見送った。

妹は半年近くも寝込んでいたという。剣一郎はそのことが頭から離れない。何かが閃こうとしているのに、火花が散らない。もどかしい。

だが、そのもどかしさの正体に気づいたのは両国橋を渡っているときだった。

押し込みの一味に女がいたのだ。大柄な武家姿の女が戸を叩いて店の者を起こし、潜り戸を開けさせている。

その女が飯尾吉太郎の妹だったというのは考え過ぎだろうか。四ヵ月前の須田町の蠟燭問屋から、押し込みの一味は手口を変えている。

その理由を、女を使った手口が広まり、かえって警戒されるからだと考えたが、飯尾の妹が病気だとしたら……。

だが、次の瞬間、剣一郎は愕然とした。

もし、そうだとしたら、押し込み事件に重要な役割を果たしている女、つまり重要な証人となるべき人物がこの世から姿を消そうとしていることになる。

ますます、飯尾吉太郎は遠いところに離れて行ってしまったように思えた。

四

六月十日の朝、剣之助が朝餉を済まして、志乃とふたりで茶を飲んでいると、奉行所の細野鶴之助の手の者が駆けつけて来た。

「恐れ入ります。細野さまの言いつけでやって参りました。すぐに、新井田川の川原までご足労願いたいとのことでございます」

息を弾ませながら、使いの者が言う。

「何かあったのですか」

濡れ縁に出て行って、剣之助はきいた。

「侍ほかふたりの男の惨殺死体が見つかったのです。ぜひ、青柳どのにご検分を願いたいとのことにございます」

「わかりました。すぐ仕度して参ります」

部屋に戻ると、すでに志乃が着物を用意して待っていた。

刀を受け取り、剣之助は使いの者と共に、新井田川の川原に走った。

三十六人衆を中心とする大問屋の豪商が軒をつらねる本町通りの北に新井田川が流

れている。

ほどなく新井田川に出たが、現場はもう少し上流のほうだった。

剣之助が駆けつけると、細野鶴之助が待ちかねたように、

「青柳どの。ご足労でござった」

と、死体のほうに招いた。

「今朝方、近くの職人が見つけた」

そう言って、三つ並んだ死体にかぶせてある筵(むしろ)をどけた。袈裟(けさ)に斬られている。腐敗が進んでいたのは、死んでから二日ぐらい経っていることを思わせた。

「いかがか」

剣之助は高い鼻を見た。そして、肩の辺り。似ている。あのとき、追い詰めた侍に似ていた。

「この侍です。間違いありません」

久住三十郎に間違いないと思った。

「やはり、そうか」

「こっちのふたりはわかりません」

あとのふたりは遊び人ふうの男だ。

「あとは、捕らえたあのふたりに確認をさせる」

細野鶴之助は力強く言う。

ほかのふたりの男の斬り傷を見て、剣之助はおやっと思った。さらに、もうひとりのほうの傷口も見た。

「斬り口が違いますね。この三人はどうやって死んでいたのですか」

剣之助は確かめた。

「この付近に、固まって倒れていた」

「傷口からして、少なくとも、ふたり、いや、三人掛かりで襲いかかったと思われます。それも侍ですね」

「三人？」

細野鶴之助が不思議そうな顔をした。

「場合によっては、もっと多かったかもしれません。おそらく、取り囲まれた末に、斬り結んで斬られたのだと思います」

もし、てんでに闘っていれば、場所はもっと移動するはずだ。三人は囲まれて、その輪の中で身動きの出来ない状況で、斬られたのではないかと、剣之助は言った。

「なるほど。しかし……」

細野鶴之助が困惑した顔をした。

「この三人は、江戸から駒次郎と女を追って当地までやって来たと思われる。この地に、駒次郎に手を貸す人間がいたのであろうか」

「そうですね」

剣之助も、その点はわからない。

「ともかく、駒次郎を探すことが先決だ。青柳どの。ご足労、かたじけなかった」

細野鶴之助は会釈して離れて行った。

川原に吹きつける風は涼しい。

下駄屋の駒吉夫婦を殺したのは、この三人と先に捕まえたふたりの浪人たちであろう。駒次郎の行方を問いただすために駒吉夫婦を殺したのだ。

そして、今度は駒次郎が仇を討ったということになる。この三人を殺したのは駒次郎に違いないが、誰か駒次郎に手を貸した者がいるのだ。

それは侍だ。駒次郎もまた、どこぞで浪人を雇ったというのか。まさか、庄内藩の藩士が駒次郎に手を貸すなどとは考えられないが……。

二日後の朝。剣之助がいつものように金子樹犀の屋敷がある寺町に向かうと、いきなり目の前に飛び出して来た遊び人ふうの男がいた。

「おまえは……」

時蔵というならず者だった。

仕返しに来たのかと、剣之助は覚えず厳しい顔をした。

「待ってくれ。そうじゃねえ」

あわてて、時蔵は手のひらを前に出して言う。

「なんですか」

時蔵の意外な態度を、剣之助は訝った。

「あんときの女を見つけたんですよ」

時蔵は言う。

「あんときの女?」

「ほら、俺たちが襲おうとした女ですよ」

「えっ、ほんとうですか」

しかし、剣之助は警戒した。にわかに信じていいものか。

「ええ。間違いねえ。おっと。別に、おまえさんを騙(だま)そうなんて気はねえ。ただ、見つけたから知らせてやりてえと思っただけだ」

時蔵の表情からは、嘘かほんとうか判断はつかなかった。

「中町にある小間物屋から出て来たんだ。あのときの女に間違いはねえ」

追手の久住三十郎が死んだことを知って、安心して買い物に出歩いた可能性もある。剣之助は、嘘ではないと判断した。

「居場所を突き止めたのですか」

剣之助は確かめた。

「ええ、もちろんですとも」

「よし。そこに案内してくれませんか」

剣之助は言う。

「いいですぜ」

時蔵はあっさり言った。

時蔵が連れて行ったのは新井田川の向こう岸である。

最上川河口近くまで行って橋を渡り、亀ケ崎(かめさき)に行く。

そこは庄内藩の支城である亀ケ崎城があり、そこに城代が置かれているのだ。

戦国時代、難攻不落の名城といわれた平城であった。

元和(げんな)元年(一六一五)の一国一城制により、大名は二城を持つことは出来なかったが、徳川譜代大名酒井忠勝が庄内藩主となり、鶴ヶ岡城を本城とし、ここ亀ヶ崎城を支城として城代を置くことで許されたという。

　亀ヶ崎城は外堀も埋められ、その規模はだいぶ小さくなっていた。

　この城の曲輪内の武家地には上級武士や酒田町奉行や役職付きの武士の屋敷があり、さらに、鵜渡川原と呼ばれる所にも足軽と呼ばれる下級武士の屋敷が並んでいる。

　時蔵が向かったのは鵜渡川原の足軽の屋敷が並んでいる一帯だった。足軽は五石から八石ほどの禄をもらっているが、食い扶持程度であり、生活は苦しそうだった。狭い屋敷が並んでいる。門扉も傷んでいるところも多い。その屋敷の前を通りながら、農民たちと同じくらいに、下級武士の暮らしの困窮振りが察せられた。

　時蔵は、とある屋敷の前で立ち止まった。

「あの女はここに入って行きました」

「ここは誰の屋敷なのですか」

　門の前を行き過ぎながら、剣之助は小声できいた。

「古谷源助というお侍さんの屋敷でさ」

「古谷源助ですね」

あの女が駒次郎といっしょに江戸からやって来た女だとすれば、古谷の屋敷に駒次郎もいっしょにいるに違いない。

怪しまれないように、剣之助はその先を行き、今度は別の道を辿って引き上げた。

この鵜渡川原の向こう側に、最上川が流れている。

再び、亀ヶ崎城の脇、新井田川沿いを下流に向かい、さっき渡った橋を逆に渡り、湊町に戻って来た。

「時蔵さん。ありがとう。あなたは、ほんとうはいいひとなのですね」

剣之助が礼を言うと、時蔵は罰が悪そうに、

「なんだか妙な具合になっちまったけど」

と、照れ笑いを浮かべた。

「時蔵さん。このことは誰にも言わないでいただけますか」

「わかりやした」

「じゃあ、また何かあったら教えてください」

「へい」

時蔵と別れたあと、剣之助は古谷源助という侍のことを考えた。

駒次郎と古谷源助は親しい間柄なのかもしれない。でなければ、匿ったりしないだ

ろう。まず、そのことを確かめようと、死んだ駒吉夫婦の家に向かおうとしたとき、ふと誰かに見つめられているような気がした。

剣之助は辺りを見まわした。

すると、橋の上に、武士が立ってこっちを見ていた。

あっと、剣之助は息を呑んだ。荻島信次郎だった。

荻島信次郎の屋敷は亀ヶ崎にあり、そこにいることは不自然ではないが、偶然なのだろうか。それとも、剣之助が古谷源助の屋敷を見て来たことを知っているのではないか。なんとなく不気味だった。

郡代の下にあり、代官とともに、城代の意を酌み、農民を苦しめている郡奉行の伜だと思うと、剣之助は覚えず荻島信次郎を睨み返した。

やがて、荻島信次郎は踵を返した。ふうと、体の力が抜け、ようやく剣之助も、改めて駒吉夫婦の家に向かった。


本町通りを突っ切り、剣之助は内匠町にやって来た。

駒吉の家は戸が閉まったままだ。子どもがいなかったので、通いの弟子があとを継ぐということだが、まだ、事件の傷跡は癒えていないようだった。

剣之助は隣の桶屋の土間に入った。

中年の男が桶に箍(たが)をはめているところだった。

剣之助は職人の手が空くのを待った。すると、職人が顔を上げ、すぐに手を休めた。

「お続けください」

あわてて、剣之助は言う。

「いえ、何か」

実直そうな顔の男は桶を脇にどけた。

「すみません。お手を止めさせてしまって」

剣之助が申し訳なさそうに頭を下げた。

「いえ、気にしないでください」

男は気さくに言う。

「隣の駒吉さんの弟の駒次郎さんのことについてお訊ねしたいのですが」

「駒次郎ですか」

男は顔をしかめた。

「ご存じですか」

「ええ。小さい頃から知っていますが、暴れん坊でしたね。やっとうの先生に可愛がられ、小さいときから剣術を習っていたんです。職人にならねえ。武士になると、いつも言ってました」

男は苦(にが)い顔をした。

「駒次郎さんに、親しいお侍さんはいたんですか」

「さあ。知りませんが、剣術を習っているときに知り合ったお侍さんはいたようです」

「足軽の古谷源助という名を聞いたことはありませんか」

「古谷源助……」

男は目を細めた。

「聞いたことがあるような名ですが、ちょっと思い出せません」

「聞いたのは駒次郎さんからですか」

「どうも、覚えていません。駒吉さんから聞いたのか。でも、駒次郎絡みのことだと思いますが」

剣術を習っていたとすれば、当然、そこに侍もいただろう。古谷源助と駒次郎が知り合いである可能性は高い。

「お仕事の邪魔をして、申し訳ありませんでした」

剣之助は礼を言って、桶屋を辞去した。

気がつくと、太陽は中天に上がっていた。


いったん、『万屋』の離れに帰り、昼飯をとってから、改めて寺町にある金子樹犀の屋敷を訪ねた。

剣之助が書庫に入って行くと、あとから樹犀が顔を出した。

「剣之助。遅かったの」

樹犀は剣之助の顔を見て安心したように言う。

「はい。ちょっと、野暮用が重なりました」

「まあよい。では、わしは向こうで講義をして来る」

昼からは、基礎を終えた子弟が漢学を習いに来ている。

剣之助は書庫から、いつもの書物を取り出し、窓際に机を寄せて、続きを読みはじめた。だが、いくらも経たないうちに、剣之助は他のことを考えていた。

久住三十郎の死は、駒次郎ひとりの仕業ではない。古谷源助が絡んでいる可能性が高い。もちろん、古谷源助の他に、少なくともふたりの侍が駒次郎に味方をしてい

る。

いったい、駒次郎はなぜ江戸から帰って来たのか。それも女を連れて……。

それから気になるのは、荻島信次郎だ。この件に、荻島信次郎も関係しているのだろうか。

いけない。よけいなことは考えまい。そう自分に言い聞かせ、書物に目を落とすが、どうもいけない。きょうは、学問に集中出来そうにもなかった。

「剣之助」

いきなり、背後で声がした。

びくっとして、剣之助は振り返った。

「先生」

「どうした、剣之助。学問に身が入っておらんぞ」

金子樹犀は厳しい声で言う。

「はい」

剣之助は素直に認める。

「剣之助。そういうときは無理に頑張ろうとしても無駄だ。一局、やるか」

「ご講義のほうは？」

「助手に任せた。わからなければ、何か言ってくるだろう。さあ、向こうの部屋へ」

「先生」

剣之助は、行き掛けた樹犀を呼び止めた。

「なんだな」

樹犀は面倒くさそうに振り返る。

「先日のお話ですが」

「先日の？」

樹犀はきょとんとした目つきをした。

「はい。『津野屋』とご城代のことでございます」

「なんだ。まだ、そんなことを気にしておるのか。もう、忘れることだ」

樹犀は突き放すように言う。

「その件で、『万屋』に何か災いが及ぶようなことはありますまいか」

それにもめげす、剣之助はきく。

「災いだと」

「はい。『津野屋』は三十六人衆に加わりたいという願いを持っているということですが、万屋さんは断固反対の立場をとられております。そのことで、万屋さんに何か災いが及ばないかと心配しております」

「まあ、いくらなんでも、ご城代がそこまで無茶はしないだろう。どれ、講義の様子を見てくるか」

樹犀は逃げて行った。

剣之助はきょうは書物を読むのを諦め、再び、本町通りを突っ切り、新井田川の近くにある奉行所に行った。

門の前に立ち、剣之助は門番に、細野鶴之助を呼んでもらうように頼んだ。

しばらく待っていると、細野鶴之助がやって来た。

「青柳どの。どうなさった？」

細野鶴之助がびっくりしたような顔できいた。

「お仕事中、すみません」

「いや。さっき町廻りから帰って来たところだ」

「ちょっと、よろしいですか」

剣之助は門から離れ、川の近くに行った。細野鶴之助がついて来る。

「駒次郎といっしょに来た女が、足軽の古谷源助の屋敷に入って行ったのを見ていた者がおりました」

「古谷源助」

細野鶴之助が呟くように言う。

「ご存じですか」

「ああ、顔ぐらいはな」

「駒次郎は小さい頃から剣術を習っていたということですが、古谷源助とはその当時からの知り合いではなかったかと」

「なるほど。古谷源助が駒次郎を匿(かくま)っているというわけだな。すると、久住三十郎を襲ったのも……」

「はい。古谷源助と他の足軽たちという可能性があります。ですが、確かな証拠があってのことではありません。どうか、お調べください」

「うむ。よく知らせてくれた。何かわかったら、またお知らせする」

そう言って、細野鶴之助は奉行所に戻って行った。

剣之助がその場に残ったのは、そこから見える風景が素晴らしかったからだ。川を見、海が望め、水平線の上が紅く染まっていた。夕陽が海のかなたに沈もうとしていた。

五

剣一郎は、『とみ川』に寄った。

飛び出して来た女将だが、剣一郎の表情を見て、落胆したようだった。

「いったい、おむらはどうしたと言うのでしょうか」

いつもの部屋で向かい合ってから、女将がため息まじりに言う。

おむらの行方は杳として知れなかった。

「本所近辺でおむらしき娘を見かけた者が何人かいるのだが……」

剣一郎は首をひねる。

植村京之進たちの手を借りて、おむらが店を出て行ったあとの足どりを探させたのだが、本所回向院を過ぎた辺りからの足どりがわからない。

おむらの立ち寄りそうな場所を調べたが、どこにも立ち寄った形跡はなかった。もとより、おむらには親しい人間がいるわけではなかった。男の影もない。

「あの娘は身寄りがなく、孤独でしたが、気立てはよくて、よく働いてくれたのです」

女将は落ち着かぬげに膝に置いた手を重ねたり、こすったりしていた。

「もう一度、よく思い出して欲しいのだが、行方がわからなくなる十日ほど前、飯尾どのの座敷におむらは行ったということだったな」

「はい」

十日前とはいえ、おむらは飯尾吉太郎と座敷でふたりきりで会っているのだ。

「そのあとで、二、三日、お暇をいただきたいと言っていたのだな」

「はい」

「そのときのおむらの表情はどんなだったな。深刻そうだったとか、悲しそうだったとか、あるいは怯(おび)えていたようだとか」

「そうでございますね。どちらかといえば、戸惑っている感じがしました」

「戸惑いか……」

おむらの失踪に、飯尾吉太郎が絡んでいるように思えてならなかった。が、飯尾がなぜ、おむらを隠すのかということになるとさっぱりわからない。

ただ、しいて考えれば、おむらが飯尾吉太郎の秘密を握ってしまった場合だ。つまり、おむらは飯尾が押し込み一味の頭目であることを知ってしまった。それで、秘密を守らせるために、飯尾吉太郎はおむらを監禁した……。

もし、剣一郎の悪い想像が当たっているとしたら、すでに、おむらは死んでいるのではないか。

失踪から十日。剣一郎に焦りが生まれている。

思い切って、飯尾吉太郎の屋敷に踏み込むか。何の証拠もないことだから、正式な手続をとっても、許しが出るとは思えない。

こうなったら、屋敷に出入りをしている連中に接触してみるしかない。これまで、証拠がないことと、へたに動いて飯尾吉太郎に警戒されても困ると思い、接触を避けて来たが、いつまでも手を拱（こまね）いてはいられない。


翌日の夜、剣一郎は本所北割下水にいた。

遠くで、犬の遠吠えがする。さっきの拍子木の音は夜五つ（午後八時）の見廻りだ。

北割下水の堀沿いにある柳の木の陰に身を隠し、剣一郎は鋭い視線を深編笠の中から片番所付きの長屋門に向けていた。

二百石取りの旗本の屋敷である。ここで、賭場が開かれている。飯尾吉太郎もここにたびたび足を運んでいる。

だが、いま剣一郎が待っているのは飯尾吉太郎ではない。飯尾の屋敷に出入りをしている者のひとりで遊び人の清八という男だ。

四半刻（三十分）ほどして、潜り戸が開いた。

白っぽい小紋の遊び人ふうの小柄な男だ。歳の頃なら二十五前後。悄然と、男は横川のほうに俯いたまま歩きだした。敏捷そうな足の運び。身が軽そうだ。

「あれが、清八です」

文七が囁く。

以前に、一度、剣一郎は遠くから顔を見たことがあった。

剣一郎はあとをつけた。清八は博打で負けたのだろう、八つ当たりのように地べたの小石を蹴った。

横川に出たところで、剣一郎は清八を呼び止めた。

びくっとしたように、清八は歩みを止めて振り返った。

「なんでえ」

清八が身構えて後退った。深編笠の浪人姿は、辻斬りとでも映ったのか。

「ちょっと訊ねたい」

剣一郎は笠をとった。

剣一郎の月影を見て、清八はあっと声を上げた。

「青痣与力」

清八は絶句した。

「私のことを知っているのか。そういえば、どこぞで会ったかな」

剣一郎は鎌をかけた。

「いや、会っちゃいねえ。ただ、評判を聞いていたんで」

『丸子屋』の裏口で出くわしたのではないかと言おうとしたが、そこまで言うと、かえって警戒されると思って言葉を呑んだ。

剣一郎は男の前に進んだ。

「いま、旗本屋敷から出て来たな」

「いえ、とんでもねえ。違います」

「しらを切るとためにならんぞ」

剣一郎が一喝すると、清八は顔をしかめた。

「手慰みのことは大目に見てやる。だから、正直に言うのだ。よいか」

「へえ」

「おまえは、飯尾吉太郎どのの屋敷に出入りをしているな」

「ときたま、遊びに」

「あの屋敷に、『とみ川』のおむらという女中が来ていないか」

「いえ、そんなもの、いませんぜ」

清八は即座に答える。

「間違いないな」

「へえ、ありません」

清八は余裕を持ったように言う。剣一郎の関心がそのことにあると知って、安心したのかもしれない。

当然、飯尾はこういうことを予想して、出入りをしている連中に、答えを伝授していたに違いない。

「ところで、飯尾どのの妹御が臥せっているようだが」

「へえ。もう、いけねえそうで」

清八は狡賢そうな目を向けて言う。

「妹御はどんなひとだな」

「出戻りだそうですぜ。まあ、男勝りなところもありました」

「いつ頃から臥せっているのだ？」

「さあ、いつからでしょうかねえ。いや、知らねえ」

やはり、この男はそう簡単に口を割るような玉ではないと、剣一郎は思った。

「飯尾どのの屋敷に浪人も出入りをしているな」

「へえ」

清八が再び警戒気味になった。

「以前に、鼻の高い浪人がいた。肩幅が広く、胸板の厚い男だ。最近、見かけなくなったが、どうかしたのか」

「そりゃ、あの屋敷に飽きて出て行ったんでしょう。あそこは、ひとが出たり、入ったりしていますからね」

「そうか。で、その浪人の名は何と言うんだ」

「さあ」

「知らぬとは言わさぬぞ。それまでは、いつも顔を合わせていた仲ではないか。もう関係ない浪人だ。名前を言っても差し支えはあるまい」

清八は少し迷っていたが、

「久住三十郎ってひとです」

と、やっと打ち明けた。

「その名に間違いないか」

「へい。間違いありません」

「久住三十郎はいつまでいたんだ？」

「二ヵ月ぐらい前まででしょうか」

清八が用心深く答える。

「久住三十郎が今、どこにいるか知らないか」

「いえ、知りません」

肝心なことになると、清八は口が堅くなる。

「そうか。よし、行っていい」

剣一郎は清八を解き放った。

「やはり、飯尾吉太郎は連中をうまく手なずけている。おいそれと白状するようなやわな人間はいないようだ」

去って行く清八を見送って、剣一郎は呟く。

清八は明日にでも、今のことを、飯尾吉太郎に話すだろう。この二ヵ月間、押し込みがないのは疑惑の目が注がれていることを承知していて、動きを抑えているのかもしれない。

このままでは、無為な時間を過ごすだけだ。その間にも、おむらの命が危うくなる可能性も高い。

こうなったら、最後の手段に出るしかない。文七に忍び込ませるのだ。とりあえず、おむらが屋敷にいるかいないのか、それだけでも確かめる。

乱暴だが、やってみようと思った。


翌朝、剣一郎は若党の勘助を飯尾吉太郎の屋敷に使いにやった。そして、今夜、『とみ川』で、会う約束をとりつけて来た。

夕方に、奉行所から屋敷に帰った剣一郎は、そこで待っていた文七と打ち合わせをしてから、『とみ川』に向かった。

この前と同じ座敷で、飯尾吉太郎は床の間を背にして、すでに酒を呑んでいた。

「お早いですね」

剣一郎は座について言う。

「青柳どのと呑めるとあって、落ち着かずに、早く来てしまった」

飯尾吉太郎が片頰を歪(ゆが)めて笑った。

「恐れ入ります」

酒が運ばれて来た。

「この前、こうして呑んだのはいつ頃のことであったか」

「二ヵ月前になります。『丸子屋』という質屋が押し込みに入られた夜でした」

剣一郎がさりげなく言うと、飯尾は微かに眉をひそめ、それからおかしそうに笑った。

「それはそうと、青柳どのは、清八という男と会ったそうだな」

飯尾吉太郎はにこやかな顔で、しかし、目つきは鋭くきいた。

「ある旗本屋敷で行なわれている賭場の探索をしているときに、以前、こちらでお見かけした男が出て来たので、追いかけて行って声をかけたのです。老婆心ながら、飯尾さまと懇意にしている者が、あのような場所に出入りするのはどうかと思いましてね」

「そうであったか。わしはまるで、おむらのことをきき出したいために、清八が出て来るのを待っていたのかと思ったが」

飯尾吉太郎は皮肉そうに言う。

「それは、ついでにきいたこと」

「久住三十郎のこともか」

「そのとおりです」

剣一郎は平然と答え、

「飯尾さまは、久住三十郎のことを覚えておいでですか」

「いや。清八から聞いて、名を思い出したが、どんな人間であったか、覚えてはおらん。青柳どのは、なぜその者のことを」

「いや。たいしたことではありません。ただ、ちょっと気になったものですから」

わざと思わせぶりに言う。

「気になること？」

盃を口に運ぶ手を休め、飯尾吉太郎は強い目で見返した。

「いえ、なんでもありません。こちらのことです」

ふんという顔つきで、飯尾は盃を口に運んだ。

その後、女将らと世間話に興じたあと、剣一郎はふと思い出したようにきいた。

「妹御のほうはいかがですか」

「いや、医者も見放しているからのう」

飯尾吉太郎は表情を曇らせた。

「まあ」

女将が痛ましそうな表情をした。

「お幾つでいらっしゃいますか」

女将がきく。

「二十五歳になる。一度、嫁いだが、夫に死に別れ、戻って来た」

「なんというお名前ですか」

剣一郎はきいた。

「香苗(かなえ)と申す」

「香苗どのですか」

医者の話でも、ひと月はもたないだろうということだった。

飯尾吉太郎はその妹に押し込みの手伝いをさせたのではないかと、剣一郎は疑っているのだ。もちろん、自ら進んでやったのではない。兄に強要されたに違いない。病気の原因も、そのような心労にあるのではないか。

考えすぎかもしれない。だが、押し込み一味から女が消えた時期と、飯尾吉太郎の妹が病気になった時期が重なるのだ。

偶然だろうか。

五つ半（午後九時）近くになってから、

「飯尾さま」

と、剣一郎は声をかけた。

「私はこれでお先に失礼いたします」

「なに、もう帰るのか」

ふんと、飯尾は鼻で笑った。

「わしも、そろそろ引き上げるとするか」

「どうぞ、私にお構いなく」

剣一郎は引き止めるように言う。

「よし、女将。酒だ。もっと、酒を持って来い」

「どんどん、お酒をお持ちして。今夜の勘定はこっち持ちゆえ」

と、剣一郎は女将に向かって言った。

なるたけ長く、ここで引き止めておかねばならない。

「では、私は」

飯尾吉太郎を残して、剣一郎は座敷をあとにした。

ここから八丁堀までたいした距離ではない。駕籠を呼びましょうという女将の勧めを断り、剣一郎は歩いて引き上げた。

屋敷に帰り着き、しばらく起きて待っていると、庭に文七がやって来た。

「ごくろうだった。で、どうであった？」

さっそく、剣一郎はきいた。

「おりませんでした」

「いなかったか」

剣一郎は暗い気持ちになった。

「庭は？」

「暗くてわかりませんが、土を掘ったような跡は見当たりませんでした」

それを聞いて、いくぶんほっとした。

殺されて庭に埋められていることも考えたのだ。

「やはり、おむらは飯尾の屋敷ではなかったのか」

あるいは、飯尾の屋敷からどこか別の場所に移した可能性もないわけではないが、そうなると追跡は不可能だった。

「文七。ごくろうだった」

「青柳さま」

文七の目の色が変わった。

「うむ」

「日当たりの悪そうな部屋で、飯尾吉太郎の妹が臥せっておりました。ほんとうに看病しているのか、あっしには疑わしく思えました。天井裏から見ただけでなんとも言えませんが、呼吸も荒く、苦しそうです。でも、医者に診せれば、もう少しなんとかなるんじゃないかと思えてなりません」

「そうか。そのようであったのか。いたわしいな」

剣一郎は会ったことはないが、香苗という妹がなんとなく不憫に思えた。

文七が引き上げ、夜具の中に入っても、剣一郎はまだ見ぬ香苗のことが脳裏から離れず、なかなか寝つけなかった。

六

六月十四日の夕方、剣之助は樹犀の屋敷から本町通りに帰って来た。

豪商たちの屋敷が並ぶ一帯を『万屋』に向かうと、『万屋』の表戸の近くに、細野鶴之助が待っていた。

「細野さん、私に御用ですか」

剣之助は駆け寄ってきいた。

「さよう。じつは、駒次郎のことで、古谷源助に会って来た」

細野鶴之助は口を開いた。

「そうですか。ちょっとお寄りになりませんか」

「さようか。では、ご妻女どのにごあいさつを」

細野鶴之助はうれしそうに潜り戸を入った。

離れに行くと、志乃が迎えに出て来た。

「細野さま。いらっしゃいませ」

「お邪魔いたします。いや、すぐに引き上げますので」

細野鶴之助はまぶしそうに志乃を見て言う。

「でも、お上がりになってください」

「いえ、私はこっちで」

細野鶴之助は遠慮して、縁側に腰を下ろした。

「では、お茶を」

志乃は水屋に下がった。

剣之助は部屋に上がり、縁側に出た。

志乃が茶を運んで来た。

「これは恐縮です」

細野鶴之助はほんとうに恐縮したように湯呑みを摑んだ。

剣之助も茶をすすってから、

「で、古谷源助はなんと」

と、きいた。

「それが、知らぬ存ぜぬの一点張り」

「そうですか」

「駒次郎とは酒田を離れる七年前まではつきあっていたが、今はまったく音沙汰ないということだった」

細野鶴之助は苦い顔で続けた。

「女のこともきいてみたが、そのような者はいないと平然と答えた」

「妙ですね」

剣之助は小首を傾げた。

「駒次郎と女のことを格別、隠さねばならぬことはないと思うのですが」

「久住三十郎たちを斬ったことを隠したいのだろうが」

「でも、駒次郎を殺そうとして江戸から追って来た連中です。それを斬ったからといって、そのことを隠さなくてもよいと思うのですが」

なぜだろうと、剣之助は不思議に思った。

いったい、駒次郎は江戸で何をしたのだろうか。そして、あの女は……。

志乃の言葉が蘇る。

「見すぼらしいなりをしていましたけど、どことなく武家育ちのような雰囲気を感じました。身のこなしにどことなく優雅さが。それに、指先も白く、とても、仕事をしているお方とは思えませんでした」

駒次郎が侍になろうとすれば、どこぞの旗本屋敷の若党になっていたのかもしれない。最初は中間として雇われたものが、若党に取り立てられた可能性もある。

そうだとすると、あの女は旗本の奥方か、いや、お歯黒の形跡もないようだから娘かもしれない。

駒次郎は主人の娘と駆け落ちし、酒田まで逃げて来た。そのあとを追って、旗本が雇った久住三十郎ほか二名が江戸を発った。

おそらく、そういうことだろう。

もし、そうなら、剣之助と志乃と同じ境遇ということになる。ただ、剣之助たちには追手が差し向けられなかったが……。

「ごちそうさまでした」

空いた湯呑みを置き、細野鶴之助は腰を上げた。

「青柳どの。また、何かあったら、知らせに上がる」

「恐縮です」

剣之助は門まで見送った。

「ほんとうにお美しいご妻女どのだ。じつに、うらやましい」

細野鶴之助は心から訴えるように言う。

「細野さまは奥さまは？」

「じつは、去年、祝言を挙げた」

「そうでしたか。さぞかし、素晴らしい御方なのでしょうね。細野さまを見ていればわかります」

「なあに、ご妻女どのとは比べ物にはなりませぬ」

細野鶴之助は恥じらうように言った。

剣之助もいっしょに外に出て、本町通りを歩いていた。

「いつか、ご挨拶させていただきたいと思います」

「うむ。ぜひ、ご妻女どのといっしょに遊びに来てくれ。松江も喜ぶだろう」

「松江さまと仰るのですか」

「さよう」

ふと、気がつくと、本間家の長屋門の近くまで来ていた。

本間家の三代目当主が酒井家藩主のために、幕府の巡検使宿舎として、旗本二千石の格式を持つ書院造りで長屋門の屋敷を建てた。その後、本間家で使用することが許されたのである。

本間家は代々、酒井家藩主に対して米や金の献上をし続けているという。三代当主の光丘は士分にも取り立てられており、藩と本間家の結びつきは強い。

その本間家の少し先に、例の『津野屋』があるのだ。

その『津野屋』の前を行き過ぎてから、

「ここで結構」

と、細野鶴之助が言う。

「では、お気をつけて」

先の角を曲がった細野鶴之助の姿が見えなくなってから、剣之助は引き返そうとした。

すると、細野鶴之助と入れ代わるようして、角から数人の武士が現われた。その中に、見覚えの顔があった。

郡奉行の倅の荻島信次郎だ。往来を傍若無人に歩いて来る。

「ほう、これは珍しいな」

目敏く見つけ、荻島信次郎が笑いながら声をかけて来た。

剣之助は『津野屋』の塀際により、いちおう黙礼した。

「どうだ、これから船場町まで付き合わんか。いい女のいる店がある」

周囲に轟くような大声で言い、荻島信次郎は口元を歪めて笑う。

「いえ、私は家に戻らねばなりませんので」

「お美しい妻女どのが待っているからな。どうだ、そなたがだめなら、妻女どのでもよいぞ。少し、妻女を貸さんか。悪いようにせぬ」

荻島信次郎が傲然たる態度で言う。

まだ、早い時間で、通行人も多い。こっちを見ながら、足早に去って行く。

「お断りいたします」

剣之助はきっぱりと言った。

「ふん。面白くない野郎だ。さあ、行くぞ」

荻島信次郎は剣之助を追い抜いて歩いて行った。

その後ろ姿を見送っていると、後ろから声をかけられた。

「よく、我慢をされた」

「細野さま」

「角を曲がったところで、あの連中とすれ違った。本町通りに入ったので、青柳どのとかち合うと思い、戻ってみたのだ」

細野鶴之助は少し声を上擦らせた。

「ご心配いただきありがとうございます」

「郡奉行という親の権威を笠に着てのやりたい放題。その放蕩息子を取り巻いているのは、足軽の倅どもだ。まあ、世をすねている連中だ」

細野鶴之助は侮蔑(ぶべつ)するように言う。

『津野屋』と城代のことをきいてみたいと思ったが、往来で口にすべきことではないので、言葉を呑んだ。ましてや『津野屋』の真ん前だ。

「では、気をつけてな」

今度は、細野鶴之助が剣之助を見送ってくれた。

その翌日は朝から北西の強い風が吹き荒れ、剣之助は一日中、見廻りに歩いた。風は夕方には収まり、剣之助が寺町通りから柳小路に入ったとき、万屋庄五郎と息子の庄助とに出会った。

「青柳さま。ごくろうさまです」

庄五郎がにこやかに言う。

「どちらへ？」

「『相馬屋』です」

庄五郎が言うと、庄助が小声で、

「今夜は、ご城代がお会いしたいというので」

と、囁くように言う。

「ご城代が」

剣之助はすかさず訊ねた。

「ひょっとして、『津野屋』さんもご一緒では？」

「おそらく」

庄五郎が微かに眉を寄せた。

城代の用向きに見当がついているのであろう。

「では、行って来ます」

庄五郎は言い、庄助といっしょに柳小路を出て、寺町通りを曲がって行った。

剣之助は帰宅をし、志乃といっしょに夕餉をとった。だが、剣之助の箸の動きがときおり、止まった。

「いかがなさいましたか」

志乃が訝しげにきいた。

「なにやら、気になることが、おありのようなご様子」

志乃は剣之助の顔色を読んできいた。

「うむ」

剣之助は、残りのご飯を食べ終えてから、

「じつは、今夜、庄五郎どのが、ご城代に呼ばれて、『相馬屋』に行っているのだ。考え過ぎだと思うが、さっきから胸騒ぎがしてならぬ」

「まあ」

志乃は眉を寄せた。

「剣之助さま。虫が知らせるということもあります。気になるようでしたら、お迎えに行ったらいかがでしょうか」

「そうだな。いや、気のせいかもしれない」

いくらなんでも考えすぎだろうと、思った。

だが、それから半刻（一時間）ほど経った頃から、またも胸騒ぎがしてきた。

とうとう、剣之助は立ち上がった。

「念のためだ。行ってみる」

着替え、刀を手に、志乃の見送りを受けて、剣之助は離れを出た。

本町通りを西に向かい、柳小路に入った。

両側に柳が植えられている。その柳の木の下で、ひと影が幾つか重なって動き回り、月明かりに白刃が光った。

庄五郎らしき男の姿を見て、剣之助は駆け出した。

「待て」

鯉口を切って、剣之助は怒鳴る。

抜き身を構えた黒装束の男が振り向いた。

剣之助は抜刀し、賊に躍り掛かった。賊は後ろに飛んで、剣之助の剣を避けた。

庄五郎と庄助を後ろにかばうようにして、剣之助は賊と対峙（たいじ）した。

「お怪我は？」

背中のふたりにきく。

「大事ありません。掠り傷です」

賊が上段から斬り込んできた。剣之助はその剣をはじく。だが、素早く、第二の太刀が剣之助の胴を払うように襲って来た。

剣之助は足を後ろに引いて軽くかわした。が、突然、賊は身を翻した。

向こうからひとがやって来たのだ。

剣之助は賊を追った。

「待て」

賊は路地を折れ、暗がりに紛れて逃げる。

剣之助は追った。あの賊を捕らえ、背後関係を白状させるのだ。その一念で、賊を追いつめて行く。

賊をやみくもに追う。剣之助はこの場所がどこかわからない。どうやら、ぐるぐるまわっているような気もした。

賊の姿を見失わなかった。何度目かの路地を曲がり、賊は塀際の月明かりの射さない暗がりに身を紛らせながら逃げる。

暗闇に、賊の姿が消えていた。どこかの屋敷の裏手だ。松の枝が延びている。

見失って焦ったとき、向こうから数人の侍がやって来た。剣之助は刀を鞘に納めた。

その侍が近づいて来た。

「あなたは……」

荻島信次郎とその取り巻きだった。

「どうした、そんな血相を変えて」

「覆面の賊を追って来たのですが、見かけませんでしたか」

剣之助は探るように、荻島信次郎たちの背後に目をやった。路上に、冴えた月明りが射しており、両側の屋敷の塀の隅は漆黒の闇だ。

「誰も見ておらん」

荻島信次郎が言う。

「まことでございましょうか」

剣之助が問い返すと、若い武士がむっとしたように一歩前に出て、

「貴公、我らが嘘をついているとでも言うのか」

と、気色ばんで言う。

「まあ、いい。それより、何があったのだ?」

荻島信次郎がきく。

「万屋さんが襲われました」

折から、叢雲（むらくも）が月を隠し、顔を黒く塗りつぶした。荻島信次郎の表情はわからなかった。だが、荻島信次郎から返事はなかった。

「失礼します」

剣之助は荻島信次郎たちとすれ違い、先に向かった。

道はまっすぐに続いている。脇道はない。ここを賊が走ってくれば、荻島信次郎たちとまともにぶつかるはずだ。

なのに、賊は闇に溶け込んだように姿を消した。不可解だ。

途中で、振り返ると、荻島信次郎たちが、まださっきの場所に佇（たたず）んでいる。

庄五郎のことも心配なので、剣之助は『万屋』に戻った。

帰ると、庄五郎は医者の手当てを受けていた。左手の包帯が痛々しい。また、庄助も腕に包帯をしていた。

「青柳さま。さきほどは、おかげで助かりました」

庄五郎が元気そうな声で言った。

「もし、青柳さまが現われなかったら、我ら親子はあそこで命を落としていたかもしれません」

「お怪我の具合は？」

剣之助がきくと、難しそうな顔をした医者が、

「しばらく痛みは残るかもしれぬが、問題はない」

と、答えた。

「よかった。安心いたしました」

剣之助はほっとしたように言う。

「先生。ありがとうございました」

庄五郎の妻女が医者を見送る。

医者が帰ったあとで、剣之助はきいた。

「賊に、心当たりはございますか」

「いや」

庄五郎が顔をしかめ、

「迂闊(うかつ)には言えません」

その答えで、剣之助もある程度想像がついた。

「今宵のご城代のお話はどのようなことでございましたか」

剣之助はきいた。が、庄五郎からすぐに返事はなかった。

「三十六人衆のことですね」

剣之助は先回りしてきいた。

「そうです」

ぽつりと、庄五郎が答えた。

「『津野屋』さんを入れる件ですね」

「いえ、その件は出ませんでした」

「違うのですか」

「三十六人衆のひとり、『田村屋』の件です」

「『田村屋』？」

「前々から噂に出ていることですが、田村屋さんは京から女を連れて来ましてね。高貴な出の女性を大金をはたいて買った。そのような人物は三十六人衆としてふさわしくないのではということでした。ようするに、『田村屋』を三十六人衆から外せということです」

「『田村屋』を外す？」

「ええ。私から見て、外すほどではないと申し上げていたのです。そのことを、もう一度、訊ねられました」

「『田村屋』さんを外したあとに、『津野屋』を加えようとしているのですね」

剣之助は相手の意図がわかった。

「そうでしょう。でも、仮に、『田村屋』さんが退役を願い出て、三十六人に欠けが出ても、三十六人衆にふさわしい人物でなければ、推すことはないと、きっぱりお断りいたしました」

庄五郎は厳しい顔つきで言う。

「ご城代はなんと」

「それこそ、三十六人衆の誇りだ。あっぱれなる心がけ、とお褒めになりました」

意外な言葉だった。だが、すぐに、剣之助は気がついた。

庄五郎を誘き出すために呼んだのであって、城代は、最初から庄五郎にいい返事を求めていなかったのではないか。

もちろん、証拠はない。だが、城代と津野屋が企んだのではないかという疑いは消えない。その実行者が……。

荻島信次郎の手の者かもしれない。賊は、荻島信次郎たちの前で、忽然と消えてしまったのだ。

「証拠がないことゆえ、迂闊なことは言えませんが、これからはご用心なさってください。どうか、いつでもお伴を仰せつけください」

剣之助は用心棒を買って出た。

「ありがとうございます」

庄五郎と庄助が共に言う。

「では、お大事に」

剣之助は離れに戻った。

志乃が胸に飛び込んで来た。

「心配いたしました」

「だいじょうぶだ」

安心させるように言ったが、志乃の顔を見た瞬間に、いっきに緊張がほぐれ、疲れが出た。


翌朝、剣之助は朝餉の前に離れを出た。

そこから柳小路まで行き、記憶を手繰って、賊を追いかけた道を辿った。夜のことだったが、塀の内側から覗く松の枝に記憶があり、やっと昨夜、賊を見失った場所にやって来た。

ここだ、間違いないと思った。

この辺りで見失って焦っていると、荻島信次郎たちがやって来たのだ。やはり、あの者たちは賊を見ているはずだ。

そう思いながら、ふと目をやると、塀の途中に扉が見えた。剣之助はそこに近づいた。

そっと戸を押してみる。鍵がかかっているので、びくともしない。きのうはどうだったろうか。

きのうとて、鍵はかかっていただろう。ここに逃げ込んだか、という疑念はすぐに消えた。

やはり、落ち着くのは荻島信次郎たちが匿ったということだ。そして、それはすなわち、あの賊は荻島信次郎が送った刺客ともいえる。

剣之助は賊がさらに逃げたと思う方向に歩き出したが、途中まで行って足を止めた。賊の跡を辿ることは、もう不可能だった。

剣之助は諦め引き返した。

さっきの松の枝が出ている場所に来て、そこを行き過ぎたとき、ふと左手前方の土蔵の後ろに欅が並んでいるのが見えた。

あれは……、剣之助は足を止めた。

本間家ではないのか。

本間家では塀の次に土蔵を作り、土蔵と母屋との間に樹木を配置している。火事のときの延焼を防ぐ目的で、樹木が火の粉を防ぐ役割を果たしている。

すると、ここは廻船問屋の並ぶ本町通りの裏手になるのだ。それぞれ桁外れに大きな敷地のために、別の屋敷の裏通りかと思っていたが、それは錯覚だった。

あそこが本間家だとすれば……。剣之助ははっとした。

(あの戸は『津野屋』の裏口だ)

剣之助は内心で叫んだ。

賊は『津野屋』の裏口から中に入ったのではないか。鍵はかかっていなかったのだ。つまり、最初からあそこに逃げ込むつもりだった。

しかし、証拠はどこにもない。剣之助は立ちすくんだように、『津野屋』の屋敷を見ていた。

第四章　謹慎処分

一

六月十六日の朝。剣一郎は継裃で、槍持、草履取り、鋏箱持らの供を連れて、数寄屋橋御門を渡り、南町奉行所に入って行った。

朝から風が強い。着流しに巻羽織になり、風烈廻りの礒島源太郎と只野平四郎と共に町廻りに出ようとしたとき、剣一郎は宇野清左衛門に呼ばれた。

「青柳さま。我らで、だいじょうぶでございます」

礒島源太郎が言う。

「そうか。すまぬが、頼んだ」

「はい」

ふたりを見送ってから、剣一郎は年番方与力部屋に行った。すると、宇野清左衛門がすぐに立ち上がって来た。

「青柳どの。ごくろうでござる」

宇野清左衛門はふだんどおりの難しい顔で言い、

「向こうへ」

と、別間に連れて行った。

その部屋に長谷川四郎兵衛が不機嫌そうに待っていた。

宇野清左衛門は剣一郎を長谷川四郎兵衛の前に座らせ、自身は少し離れて横に座った。

「青柳どの。例の押し込み、いっこうに解決の目処が立っていないようだが、どうなっておるのだ」

長谷川四郎兵衛が顔を歪めてきいた。

「はい。あれ以来、一味はじっと鳴りを潜めており、捜索は難航しております」

剣一郎の答えに、長谷川四郎兵衛はまなじりをつり上げ、

「よくも、平気でそのようなことが言えたものだ」

と、声を震わせた。

「お奉行は、きのう登城した際、ご老中より、押し込みの件を訊ねられた。北町のほうが見通しも立っていないと答えると、ご老中はいたく不機嫌になり、わがお奉行に

向かって、今月中に解決させろと厳しいお叱り（しか）の言葉があったそうだ」

長谷川四郎兵衛は続けた。

「よいか、青柳どの。今月中に押し込み一味を捕縛しなければ、お奉行の面目丸潰れどころではなくなるのだ」

場合によっては、お奉行を罷免（ひめん）されるかもしれないと、お奉行の懐刀の長谷川四郎兵衛は焦っているのだ。

「わかりました。努力してみます」

剣一郎は答えた。

「努力するだと？　絶対に捕まえるのだ」

長谷川四郎兵衛は語気を強めた。

「青柳どの。正直、どうなのだ？」

宇野清左衛門がおだやかにきく。

「疑わしき人物がおります。でも、証拠がありませぬ。新たな動きを見せれば、そのときは捕らえることは出来るのですが、過去の押し込みについては証拠がなく、まったく手出しが出来ない状態です」

「目星がついているのだな。ほんとうに間違いないのか」

長谷川四郎兵衛が膝を進めた。

「間違いないと思いますが、なにぶん証拠がありませぬゆえ、迂闊には動けません」

「強引にとっ捕まえて、拷問にかければ、白状するだろう」

長谷川四郎兵衛は乱暴に言う。

「いいえ。相手は直参でございますから」

「なに、直参だと」

長谷川四郎兵衛は顔色を変えた。

「はい。ここで名前を申し上げるのは差し控えさせていただきます。まだ、その段階ではございませぬゆえ。あくまでも、疑わしいというだけで、押し込みをしたという証拠があるわけではありませぬ」

「直参というのは間違いないのか」

長谷川四郎兵衛は複雑そうな顔できく。

「間違いないと思います」

「だが、証拠もないのに、どうしてそんなことが言えるのだ」

「疑わしい点で幾つかあるのです。それを考えれば、まず間違いないと思います」

「相手は直参だと、もし間違っていたではあいすまんというどころではない。その点はだいじょうぶなのか」

「はい。慎重に調べを続けております。ただなにぶん、今は新たな行動に出ていませんゆえ、なかなか尻尾を摑むことが難しいのです」

「このまま、次の押し込みをしなければ、捕まえることは出来ないと言うのか」

「さようでございます」

「なんと」

唇をひん曲げ、長谷川四郎兵衛は顔を天井に向けた。わざと、大仰に落胆の素振りを見せた。

「ただ、もうそろそろ奴らも金が底を突きはじめているはずです。必ず、動き出します」

「その直参の名はどうしても言えぬのか」

長谷川四郎兵衛がきく。

「ご容赦ください。証拠があるわけではなく、また、へたに騒いで、向こうに気づかれでもしたら、ことです」

「青柳どの」

長谷川四郎兵衛は皮肉そうに口許を歪め、

「ほんとうに、その直参に間違いござらんのか。苦し紛れに、思いついたことではござらんのか」

「いえ」

「しかし、定町廻りのほうからは、そのような直参がいるとの話は上がって来ていない。いったい、どういうことなのだ」

「調べたのですが、押し込み犯の証拠が見つからず、容疑からすでに外しているものと思われます」

「なんだと、定町廻りが押し込み犯ではないと判断したのに、青柳どのだけが、疑いを持っているということか」

「そういうことになります」

「ばかな。もし、間違いがないのであれば、なぜ、同心みなで当たろうとしないのだ。それとも、青柳どのは、それほど手柄を独り占めにしたいのか」

長谷川四郎兵衛は厭味を言う。

「大勢で嗅ぎまわれば、相手に警戒されてしまいます。それに、証拠のないことゆえ、大がかりな探索が出来ないのです。万が一、間違っていたではすみませんから。それこそ、お奉行の首が飛びかねませぬゆえ」

長谷川四郎兵衛は何かを言いかけて、口をつぐんだ。

「長谷川どの」

宇野清左衛門が口をはさんだ。

「ここは青柳どのを信頼し、一切を任せようではありませぬか。青柳どののやり方で、いままで一度たりとも誤ったことはありませぬゆえ」

長谷川四郎兵衛は苦い顔をして立ち上がり、

「青柳どの。今月中になんとかせい」

と吐き捨てて、乱暴に部屋を出て行った。

「いつもながら、困った御仁だ」

宇野清左衛門が苦笑して言う。

「いえ、長谷川さまの焦りもわかります」

剣一郎は長谷川四郎兵衛に同情した。

「その直参の守りは、それほど堅いのか」

「はい。一味の者もわかっております。が、その結束も固く、なかなか口を割るような連中ではありません」

一味の者の素性を洗い出したのは京之進たちであるが、京之進も飯尾吉太郎の犯行には懐疑的になっていた。それほど、一味のものは用心深く行動しているのだ。

「そうか」

宇野清左衛門はがっかりしたようだ。

「ただし、奴らが動けば、ただちにこちらも動ける態勢だけは整えてあります。二度と、押し込みをやらせることはありません」

剣一郎は力づけるように言う。

「うむ。心強いお言葉」

宇野清左衛門は安心したように言う。

二度と押し込みはさせないと自信をみせて言ったが、もし、新たな犯行に手を出さなければどうなるか。

飯尾吉太郎を追い詰めることは難しくなる。

「それはそうと、また『とみ川』のおむらが行方を晦ましたそうだの」

宇野清左衛門は表情を曇らせた。

「お耳に入りましたか」

「うむ。きのう、『とみ川』に行ったら、そんなことを言っていた。どんな、案配だ。何か、わかったか」

「それが、さっぱりわからないのでございます。それに、今度はいささか危険な状態にあるのではないかと危惧しております」

剣一郎は不安を口にした。

「危険な状態？　まさか、命に関わると言うのか」

宇野清左衛門は深刻そうな顔で身を乗り出した。

「宇野さま。そのおむらの失踪に関わっていると思われるのが、押し込みの疑いのある直参と同じ者」

「まさか飯尾吉太郎」

宇野清左衛門が眉根を寄せた。

「どうも、飯尾吉太郎の屋敷に何か秘密があるように思えてならないのです」

「秘密が？」

「はい。飯尾家では、飯尾吉太郎の妹が重い病に罹り、明日をも知れぬ命となっているにも拘わらず、医者にも診せていない様子」

「なんと、実の妹なのにか」

「はい。どうも、飯尾吉太郎の言動には謎が多いようです」

「青柳どの。仮に、進展がなくとも、この際、思い切って飯尾吉太郎の一味をひっとらえてみるのも手ではないか。なあに、万が一、違っていたら、このわしが老い腹を切ればすむ」

「宇野さま」

剣一郎は驚いて宇野清左衛門の顔を見た。

「青柳どのの目に狂いはないはず。いつでも、責任はわしがとる。思い切ってやられよ」

「宇野さま。心強いお言葉、ありがたく存じます」

覚えず、剣一郎は低頭した。


その日の夕方、剣一郎は文七に見舞いの品を持たせ、本所南割下水の飯尾吉太郎の屋敷を訪れた。文七は中間（ちゆうげん）の格好をしている。

玄関に立ち、出て来た用人に、

「香苗どののお見舞いに参上いたした。ぜひ、お目にかかりたい」

と、頼んだ。

「香苗さまはたいそうやつれ、苦しんでおる状態。どなたともお目にかかりたくないとのことでございます」

用人は頑（かたく）なに会うことを拒んだ。

「ひと目なりとも。もし、必要とあれば、よき医者をお呼びいたしますが」

「ただいま、主人は外出中でございますれば、私の一存では……」

会わせまいとしているようだ。そのことが、かえって不審に思えた。

「誠に申し訳ございません。香苗さまのご希望でもございますれば、どなたのご面会をもお断りいたしております」

「では、香苗どのを診ているのはどこの医者でしょうか」

「それは……」

用人は困ったような顔をした。

「どうかなさったか」

「いえ」

用人はあわてて、

「青柳さまがお見えになったこと、主人にもお伝えしておきます。どうぞ、ご了承くださいますよう、このとおり」

用人は平身低頭して言う。

「ご本人が誰とも会いたくないという気持ちはわからなくはありません。それは承知しましたが、なぜかかりつけの医者を教えてくださらぬのか」

「いえ、決してそういうわけではございません。ただ、主人がおりませぬゆえ、私の一存ではお答えいたしかねるのでございます」

「さては、異なこと。医者の名を言えぬとはどういうことでございますか。医者に会わせては、まずいことになるとお考えか」

剣一郎はますます不審を抱いた。

「いえ、決してそのような」

「しかし、香苗どのにお目にかかれぬ、医者は教えられぬでは、何かうしろめたいことがあるではないかと勘繰られても仕方ないと思いますが、いかがですか」

剣一郎が容赦なく言うと、用人は顔を青ざめさせた。

「私の一存では、お答えいたしかねます」

用人は、その一点張りだった。

「飯尾さまはいつお帰りですか」

「伺っておりませぬ」

「主人がどこに行ったのかも知らないのか」

剣一郎は、わざと呆れたように言った。

「いえ、じつは、組頭さまに呼ばれて、お出かけになりました。帰りは夜になるかもしれないということでした」

用人の額に汗が滲んでいた。

飯尾吉太郎は奥にいる。剣一郎はそう睨んでいた。だから、こうやって、剣一郎は粘っているのだ。

「では、また、明日、改めて参ることにいたします。どうぞ、飯尾さまにその旨、お伝えくだされ」

剣一郎は玄関から離れた。

背中に射るような視線を感じながら、剣一郎は門を出た。

「妙でございますね」

文七が緊張した声で続けた。

「妹に会わせたくないという意志が窺えました」

「会わせると、まずいことになると思っているのだろう。おそらく、香苗は飯尾吉太郎が押し込みをしていることを知っている。そのことを口にされることを恐れているのかもしれない」

つまり、まだ、香苗は意識があるのであろう。飯尾吉太郎は、そんな香苗をやっかい者と感じているのではないか。だから、医者にも診せずに、放置してある。そんな気がした。ならば、見過ごせない。

明日は、強引な手段に打って出ても、香苗に会ってみる。剣一郎はそう決心した。

翌日の夕方、剣一郎はいったん奉行所から帰り、着替えてから、深編笠に着流しで、屋敷を出た。

霊岸島から永代橋を渡り、佐賀町を突っ切った。剣一郎はずっとあとをつけている者に気づいていた。

小名木川を高橋で越え、北森下町に差しかかった。いつの間にか、尾行者は消えていた。やがて弥勒寺前を過ぎ、竪川にかかる二ノ橋に近づいた。

すると、ちょうど、これも深編笠の侍が二ノ橋を渡って来た。

剣一郎は二ノ橋の手前で、深編笠の侍とすれ違った。細身ながら肩の筋肉が盛り上がっている。すれ違いざま、相手が抜き打ちに胴目掛けて斬り込んできた。

剣一郎は横跳びに逃れ、抜刀して、相手の剣を払った。休む間もなく、二の太刀が上段から襲いかかる。

剣一郎は剣の鎬で受け止めた。鍔迫り合いになったが、剣一郎は手首を返して、相手の剣を押し返し、相手がさっと離れた瞬間に、相手の右の二の腕に剣尖をさっと這わした。

うっと、唸り、相手は剣を持つ手をだらりと下げた。

剣一郎は剣を相手に突きつけた。

「青柳剣一郎と知ってのことか」

相手はあとずさる。

「言え。誰に頼まれた？」

遠く離れたところで通行人が怯えたようにこっちを見ている。

「言わぬなら」

剣一郎が剣を頭上高くふた振りすると、編笠が割れて、笠の内の顔が覗いた。青白い顔に見覚えがあった。

「そなたは……」

飯尾吉太郎の屋敷に出入りをしている浪人だ。

そのとき、またも風を切って小柄が飛んで来た。それを振り落とし、剣一郎は飛んで来たほうに目をやった。

林町一丁目の町角に消えた背中が見えた。その間に、今の浪人も姿を消していた。

剣一郎は今、叩き落とした小柄を拾った。三日月の絵柄。

二月ほど前、『丸子屋』で投げつけられた小柄と同じ種類のものだった。やはり、逃げて行ったのは飯尾吉太郎か。

懐紙にくるみ、懐にしまったあと、剣一郎は二ノ橋を渡り、本所南割下水に急いだ。

飯尾吉太郎の屋敷の門を潜った。そして、玄関で訪問を告げると、あろうことか、飯尾吉太郎が自ら出て来た。

「飯尾どの」

剣一郎は目を疑った。

さっきの小柄の投擲の主が飯尾吉太郎だとしたら、剣一郎より先にここにいることは不可能だ。

「どうなされた、青柳どの」

飯尾吉太郎は不敵な笑みを浮かべた。

「いや。飯尾どのが直々に現われるとは思ってもいませんでしたので」

剣一郎は言い繕ったが、まだ腑に落ちなかった。

「ぜひ、妹御にお目にかかりたい。どうか、お願いいたします」

剣一郎は頼んだ。

「北川から聞いている」

北川とは、あの用人のことだろう。

「青柳どの。申し訳ないが、妹に会わせるわけにはいかぬ。妹は明日をも知れぬ身。そのような見苦しい姿をひと目に晒すわけにはまいらんのだ」

「せめて、遠目からでも」

病臥している部屋の様子を見れば、ちゃんと看病をしているかがわかる。そう思ったのだ。

「いや、お断りいたす。お帰りいただこう」

飯尾吉太郎は突き放すように言った。

「医者の名を教えていただきたい」

「医者だと」

飯尾吉太郎は片頬を歪ませた。

「いったい、我が妹に、なぜ、そのように執着するのだ」

何と答えるか。剣一郎は迷った。

そのとき、宇野清左衛門の言葉が脳裏を掠めた。いつでも、責任はわしがとる。思い切ってやられよ。宇野清左衛門はそう言ってくれたのだ。

その言葉に勇を鼓し、剣一郎は思い切って言った。

「じつは、八ヵ月前に行徳河岸にある廻船問屋『大海屋』が、その二ヵ月後に横山町にある呉服問屋『生駒屋』が、押し込みに入られました。その際、女が表戸を叩き、店の者を安心させて戸を開けさせているのです。この女のことを、妹御が知っているかも知れないと思ったのです」

「なんだと。我が妹が押し込みの手先だと言うのか」

飯尾吉太郎は気色ばんだ。

「いえ。ただ、何か知っているかもしれない。そう思ったのです」

「同じこと。無礼ではないか。かりそめにも、直参の飯尾吉太郎の妹を押し込みの手先呼ばわりをして。ただですむと思うか」

「覚悟の上のこと。ただ、ひと目、会わせてくれたら、すべてわかること」

「黙れ。そのような疑いをもたれていると知ったからには、なおさら会わせるわけにはいかぬ。さっさと帰っていただこう」

「飯尾さま」

剣一郎は口調を改めた。

「これをご覧ください」

そう言って、剣一郎は懐から懐紙に包んだ小柄を取り出した。

「これは、さきほど、私に襲いかかった浪人者を助けようと、私に向かって投げられたもの。そして、二ヵ月ほど前、質屋の『丸子屋』を襲おうとしていた押し込みの賊のひとりが投げたものと同じ種類のものです」

飯尾吉太郎は青白い顔で睨み据え、

「それがどうかしたのか。そんなもの、わしとは関係ない」

と、不快そうに吐き捨てた。

「では、これならいかがでしょう。私に襲いかかった侍は、当家に出入りをしている浪人だとしたら」

「なに」

「顔を見ました。確かに、当家に出入りをしている浪人です。そして、その浪人を助けるために、この小柄を投げた者」

「当家とは関係ない。これ以上、あらぬことを言うなら、組頭に訴え、お奉行のほうに注意をしていただく。それでもよいのか」

「構いません」

剣一郎は平然たる態度で言う。

「私は覚悟が出来ております」

飯尾吉太郎は顔を紅潮させた。怒りを抑えているのだ。

「そういえば、ご用人の北川さまはいらっしゃいますか」

今、この屋敷に用人がいない。このことに気づいて、剣一郎はある想像が働いた。

小柄を投げたのは用人の北川……。

「帰れ。不浄役人め。帰ってもらおう」

とうとう本性を現わしたように、飯尾吉太郎は怒りだした。

奉行所の与力・同心は罪人を扱うので、武士仲間からは卑しめられた役柄であった。飯尾吉太郎も、内心では与力・同心を軽蔑していたのだ。その本音がいま出たのであろう。

だが、剣一郎には自分たちが江戸市民の暮らしと命を守っているという自負があり、それが矜持(きょうじ)となっており、武士仲間の偏見の目など気にしていなかった。

門を出てから、剣一郎は辺りを見回した。どこかで、用人の北川が剣一郎が引き上げるのをじっと見張っているような気がしていた。

二

その日の夜中、酒田でのことである。

戸を激しく叩く音に、剣之助ははね起きた。志乃も半身を起こした。

「異様な叩き方だ」

剣之助は起き上がった。志乃が行灯（あんどん）に明かりを入れた。

剣之助が戸を開けると、おまつが真っ青な顔で駆け込んできた。

「どうしました？」

「押し込みです」

口をわななかせて、おまつがやっと口を開いた。

「押し込みとな」

剣之助はおまつを部屋に引き入れ、

「よいか、私が出たら、内側から鍵をかけよ」

と、志乃に命じると、刀をつかんで、剣之助は母屋に向かった。

勝手口から忍び込む。台所に誰もいなかった。奉公人の部屋も空だった。

暗い影になっている壁際を伝い、剣之助は音をたてずに移動する。

巡検使の部屋としていた広間に、奉公人が集められ、その周囲に抜き身を下げた覆面の侍たちがうろついていた。奉公人は震えている。

行灯の明かりが大勢の影を浮かび上がらせている。その中に、庄五郎や庄助の姿はない。へたに動くと、庄五郎たちに危険が及ぶ可能性がある。早く、庄五郎を見つけ出すのだと、剣之助は息を潜めて後退った。

土蔵のほうかもしれないと、剣之助は他の部屋を突き抜けて、中庭に出た。

案の定、土蔵の手前に庄五郎の姿が見えた。庄五郎を三人の侍が囲んでおり、ひとりが後ろから庄五郎の背に刀を突きつけていた。

賊のひとりが鍵を持って土蔵に向かった。扉が開くと、ふたりの賊が土蔵に入った。そして、千両箱を担いで出て来た。

そのとき、庄五郎に刀を突きつけていた賊が、妙な動きを見せた。背後から、庄五郎の背中を突こうとしたのだ。

これまでと、剣之助は飛び出した。

「待て」

剣之助の一喝に、賊はびくっとしたように立ち往生した。

剣之助は抜刀し、賊に斬りかかった。あわてて、賊は庄五郎から離れ、改めて剣を構えた。

庄五郎を背にかばい、剣之助は八相に構えた。

「やっ、おぬしは」

剣之助は低く唸った。

「おぬしは、先夜の男だな。そうか。押し込みに見せかけて、狙いは」

賊は上段から斬り込んだ。剣之助はその剣を受け止め、鍔迫り合いにもっていったのは相手の目元をよく見るためだった。

目の横に大きな黒子が見えた。さっと、賊は後ろに飛び退いた。剣之助はすぐに追った。塀が賊の行く手を遮った。

賊を松の樹に追い詰めたとき、

「こっちを見ろ」

と、鋭い声が飛んだ。

そのほうに顔を向けた剣之助はあっと短く叫んだ。

黒覆面の賊が、志乃の首に剣尖を突きつけていた。

「妻女の命が惜しくば、刀を捨てろ」

「卑怯な」

剣之助は窮地に追い込まれた。

「無益な殺生はしたくない。剣を捨てろ」

賊が落ち着いた声で言う。

剣之助が剣を捨てれば、たちまち目の前の賊が庄五郎を襲う。しかし、剣を捨てなければ、志乃の身に危害が加えられる。

「早くしろ。三つ数えるまでの猶予(ゆうよ)だ。ひとつ」

志乃の首に剣尖を突きつけている賊も、目の前の賊も、剣を構えた。

「ふたつ」

「青柳さま。私のことより、ご妻女どのを。私は覚悟が出来ています。この連中は、私の命が目的です」

庄五郎が覚悟を決めたような声で言う。

「そうはいきません」

剣之助は大声で言う。

「剣之助さま。私のことなど構わずに」

志乃が叫ぶ。

「みっつ……」

賊の言葉が途切れた。

賊は志乃を放し、数歩たたらを踏んで前のめりに倒れた。その背後から現われたのは、荻島信次郎だった。

剣之助は何が起きたのか、とっさに理解出来なかった。

荻島信次郎が倒れた男に駆け寄り、覆面をはいだ。

「やはりな」

荻島信次郎は呟いて顔を上げた。

「逃げたぞ」

荻島信次郎が叫んだ。

剣之助の目の前にいた賊が身を翻し、塀づたいに門のほうに向かった。

「追うんだ。こっちは心配ない」

荻島信次郎の声に、剣之助は例の賊のあとを追った。荻島信次郎もいっしょに追いかける。

門を出て、本町通りを湊のほうに向かって走った。途中の路地を曲がる。剣之助と荻島信次郎があとを追う。

再び、夜の追跡がはじまった。賊が角を曲がると、剣之助たちも遅れて角を曲がる。賊はやみくもに突っ走った。

が、またも見失った。きのうと同じ場所だ。

「また、ここです」

息を弾ませ、剣之助は言った。

「『津野屋』の裏だ」

荻島信次郎も肩で息をしている。

剣之助は戸の傍に立った。手をかけたが、戸はびくともしない。戸に耳を押しつけ、中の気配を窺う。

気配は感じられないが、戸の内側で、こっちの様子を窺っているような気がした。

そこに、荻島信次郎の取り巻きの数人が駆けつけて来た。

荻島信次郎は戸から離れ、

「念のために、あの戸を見張れ。あとは、表門だ」

と、仲間の武士にてきぱきと命じた。

「青柳どの。『万屋』に戻ろう」

荻島信次郎が先に立った。

「いったい、どういうことなのでしょうか」

剣之助は追いついて、声をかけた。

「あとだ」

荻島信次郎は言い、『万屋』の門を入って行った。

すでに奉行所から役人が駆けつけていて、賊の何人かをとらえていた。その中に細野鶴之助の姿もあった。

「細野さま」

剣之助は声をかけた。

「おう、青柳どの。ご妻女どのはご無事だ」

すると、玄関から志乃が出て来た。

「剣之助さま」

「危ない目に遭わせてしまった」

剣之助は志乃をいたわった。

「いいえ。だいじょうぶです」

志乃は気丈だった。

「ともかく、よかった。荻島さまのおかげです」

剣之助は改めて、荻島信次郎に目をやった。

「いや。青柳どののお手柄」

荻島信次郎が笑みを浮かべて答える。

庄五郎が玄関から出て来た。

「荻島さま、青柳さま。おふた方のおかげで助かりました」

庄五郎は落ち着いた声で言う。あのような事態に陥っても、庄五郎はあわてふためくことはなかった。肝の据わった男だと、剣之助は目を見張る思いだった。

「庄五郎どの。ご無事でなにより。またも、青柳どのに助けていただいた」

荻島信次郎が声をかけた。

「ほんとうに、助かりました」

庄五郎と荻島信次郎が親しく語り合っているのを、剣之助は不思議に思った。

「鶴之助」

荻島信次郎が呼びかけると、細野鶴之助がすぐに信次郎の前にやって来た。だが、細野鶴之助はどこか怪訝そうな顔だ。やはり、剣之助同様、事態が呑み込めていない。

「賊が、『津野屋』に逃げ込んだ。奉行所の者で包囲するのだ」

荻島信次郎が指図する。

「はい」

細野鶴之助は圧倒されたように返事をした。

「それから、表門より訪れ、賊の探索をお願いしろ。もちろん、津野屋は拒絶するだろう。それ以上は強く出ず、あっさり引き上げればよい。ただし、屋敷の出入り口の見張りは続けろ」

荻島信次郎はてきぱきと命じた。

「わかりました。ただちに」

鶴之助が配下の者たちに指図する。

「私も、細野さまといっしょに」

志乃に目顔で行って来ると言い、剣之助は鶴之助のあとを追って、深夜の本町通りを小走りになった。

本間家の長屋門の前を過ぎ、しばらくして、『津野屋』の前にやって来た。奉行所の手の者は二手に分かれ、一方は裏口にまわった。

細野鶴之助が『津野屋』の大戸の前に立った。

鶴之助が大戸を叩き、中に呼びかけた。何度か繰り返したのち、ようやく、脇の潜り戸が開き、番頭ふうの男が顔を出した。

「いったい、何の騒ぎでございましょうか」

偏平な顔をした番頭が警戒気味にきいた。

「賊が、この屋敷内に逃げ込んだ。改めさせていただきたい」

鶴之助が言い、土間に押し入った。

「お待ちを」

番頭はあわてて奥に行った。

その間に、剣之助も土間に入った。

奥から眉毛の濃い大柄な男が大股で足音を立ててやって来た。

「このような時間に、何事でございますかな」

短くて濃い眉の下のつり上がった細い目から、敵意が火花のように散るのがわかった。

この男が津野屋かと、剣之助はその攻撃的な風貌を見つめた。

「夜分に、申し訳ありません。『万屋』さんに押し込みがあり、逃げた賊のひとりがこの屋敷に逃げ込みました。まだ、いると思われます。ぜひ、探索をお許し願いたい」

細野鶴之助が津野屋の迫力に負けまいと意気込んで言う。

剣之助は津野屋の分厚い唇が開くのを待った。

「当家には奉公人もたくさんおります。もし、賊がもぐり込んでいたら、当家で賊を捕らえて差し出します」

津野屋はそう言ってから、鋭く射るような視線を剣之助に向けた。憎々しげに見ている。津野屋は自分のことを知っているのだと、剣之助は思った。

「しかし、万が一ということもありますので」

鶴之助は一応はこだわる。

「心配は無用」

津野屋は有無を言わせぬように言う。

「わかりました。もし、賊を捕らえましたら、ぜひ、お引き渡しを」

荻島信次郎に言われたように、鶴之助はあっさり引き下がった。

剣之助も外に出た。

鶴之助は周囲に見張りを置き、『万屋』に戻った。

荻島信次郎が庄五郎といっしょに玄関で待っていた。

「仰るとおりにいたしました」

細野鶴之助が報告する。

「ごくろうだった」

荻島信次郎が労う。

剣之助は改めて荻島信次郎と庄五郎の顔を見比べた。

剣之助の顔色を読んで、庄五郎が言った。

「じつは、荻島さまは私どもの警護をしてくださっていたのでございます」

「警護ですと」

細野鶴之助も驚いて口をはさんだ。

「ここではお話も出来ません。どうぞ、こちらに」

庄五郎の誘いで、玄関を入り、幕府の巡検使が使った部屋に招じられた。この部屋は、巡検使がかつて一度だけ使ったことがある。

「庄五郎どの、詳しいお話を」

細野鶴之助が催促した。

「私からお話ししましょう」

荻島信次郎が軽く会釈をして、口を開いた。

「最近、ある一派に不穏な動きがあり、庄五郎どのの身に災いが及ぶ危険性を感じていた。それで、我ら五名は密かに、不穏な一派の探索と陰ながらの庄五郎どのの護衛をしてまいったのだ」

「では、あの乱暴、狼藉は……、いや失礼いたしました。つまり、敵を欺くために、なされていたことで」

細野鶴之助は意外そうに確かめた。

「そうです。そのために青柳どのにずいぶんとご迷惑をおかけした。とくに、ご妻女どのにはいやな思いをおかけした。このとおりだ」

荻島信次郎は剣之助に向かって頭を下げた。

「いえ、とんでもありません。そういえば、志乃は、妻は荻島さまのことを、悪いひとではないような言い方をしておりました」

志乃は荻島信次郎の人間性をわかっていたのかもしれない。

「なんとなく、荻島さまたちが私をお守りくださっているものと感じておりましたが、荻島さまはそのようなことを私には微塵もお話しくだされようとはしませんでしたから」

私もさっき事情を知ったばかりだと、庄五郎は言った。

「敵を欺き、証拠を摑むためには仕方がなかったとはいえ、庄五郎どのにもご迷惑をおかけいたしました」

荻島信次郎は素直に頭を下げた。

「とんでもございません。私のために、いろいろなご苦労をなさったのかと思うと、まことに恐縮にございます」

庄五郎は改めて礼を述べた。

「ある一派とは誰のことなのですか」

剣之助は直截にきいた。

荻島信次郎は剣之助に厳しい顔を向け、

「ご城代の村山惣右衛門どのだ」

と、きっぱりと言った。

「村山どのは、津野屋と組み、酒田湊の富を我が物にせんと画策してきた。そのために、津野屋を三十六人衆に加え、町政への発言権を持たせようとしたのだ」

荻島信次郎は強い口調で非難した。

「村山どのと津野屋の結びつきはどのようにして出来たのですか」

さらに、剣之助はきいた。

「そもそも津野屋の父祖は、最上家の家臣で、この地にいたらしい。その後、最上家は内紛により領地は没収され、浪人となった津野屋の父祖は行き方知れずになった」

最上家に代わり、この地に移って来たのが、三河以来の重臣酒井忠勝であった。

酒井藩は、改易によって溢れ出た最上家の浪人をたくさん召し抱えたが、津野屋の父祖はその中に入っていなかった。

「おそらく、酒田に戻って来るというのは、父祖の代からの念願だったのかもしれない。上方で商人となり、やがて父親の代になって、酒田にやって来たのだ」

「野心を持ってですね」

剣之助はため息をついた。

「そうだ。三十六人衆に加わり、やがて町政を握る。その野望のために、ご城代の村山惣右衛門どのに近づいたのだ。村山どのは、まんまと津野屋の甘い誘いに乗ってしまったのであろう」

荻島信次郎は顔を歪めて続けた。

「ご城代は、農民たちから搾取した米を津野屋にまわした。津野屋は、その米を上方に売って莫大な利益を得て、今のような富を築いたのだ」

「ご城代と津野屋の関係を、誰も咎めることは出来なかったのですか」

剣之助は疑問を呈した。

「残念ながら、ご城代に逆らえなかった。村山どのは現藩主の叔父にあたる御方ゆえ、誰も表立っての諫言は出来なかった。郡代は村山どのの息のかかった者。代官とて、言いなりだった。父とて……」

荻島信次郎は歯噛みをし、

「郡奉行の父は何度か郡代に注意を申し上げたが、聞き入れられなかったという。それ以上、諫言に及ぶと、命さえ危ういという状況になった。父はやむなく目をつぶるしかなかったのだ。だが、津野屋の野望が本格化すると、さすがの父も黙っていられなくなり、私に相談した」

「そうとは知らず、陰口を叩いたりして、ご無礼の数々」

細野鶴之助が小さくなって詫びた。

「いや。それこそ、敵を欺くために、我らが望んだこと」

荻島信次郎が鷹揚に言う。

「で、これから、どうなりましょうか」

剣之助がきく。

「賊三人を捕まえました。みな藩の足軽でした」

細野鶴之助が口を開いた。

「三人とも、生活に困窮し、『万屋』に押し込み、金を奪おうとしたと白状していますが、それ以外のことは知らされていないようです」

「そうでしょう。あのとき、古谷源助を殺してしまったことは失敗だった」

荻島信次郎が歯嚙みをした。

「古谷源助？」

江戸から来た女を匿っていた足軽だ。

「さっき、ご妻女に刃を突きつけていた男だ。ご妻女を助けるためとはいえ、失敗だった。まさか、あの男が古谷源助だったとは……」

荻島信次郎はまたも自分を責めるように顔を歪めた。

「古谷源助に疑いの目を向けていたのですか」

細野鶴之助がきいた。

「足軽の中で、この古谷源助はよく代官所に出入りをしていた。そのことで、古谷源助には気をつけていたのだ。この男が他の足軽を煽動して、今度の押し込みとなったのであろう。そのどさくさに紛れて、庄五郎どのを殺そうとしたのだ」

荻島信次郎はそう言ったあと、

「だが、『津野屋』に逃げ込んだ男を捕らえることが出来れば……」

と、拳を握りしめた。

「ええ、あの男こそ、先夜と今宵、二度にわたって、万屋さんを襲った男です」

剣之助は訴える。

「あの男さえ、捕らえ、口を割らせれば……」

荻島信次郎は頷きながら言う。

「あの男も、足軽でしょうか」

細野鶴之助がきく。

「あの男は武士ではないように思えました」

剣之助が印象を言う。

「武士ではない?」

「はい。身のこなしなどに、どこか崩れたものが感じられました」

武士は生まれたときから武士としての厳しい作法や忠孝の精神などを学ぶ。まがりなりにも、それにふさわしい立ち居振る舞いを身につけているものだ。

それは下級武士とて同じこと。

だが、あの男から受けた印象は粗野なだけだ。善し悪しに拘わらず、己を犠牲にしてまでも忠義を尽くそうという雰囲気が感じられなかった。

「あの男は、駒吉の弟の駒次郎かもしれませぬ」

剣之助は想像を言った。

「なんと、駒次郎」

細野鶴之助が啞然として、剣之助を見た。

「私も、そう思う」

荻島信次郎が応じた。

「敵は、駒次郎に庄五郎どのを討たせ、そのあとで、狼藉者として斬り殺し、口封じを図ろうとしたのではないか」

「なぜ、駒次郎はそんな役目を引き受けたのでしょうか」

細野鶴之助が疑問を口にした。

それに対して、剣之助は自分の考えを述べた。

「駒次郎は侍に憧れて江戸に行ったと聞きます。その駒次郎を、古谷源助が誘いをかけたのではないでしょうか。こっちで、一働きをすれば、武士への道が開けると」

「なるほど。その誘いに乗って、駒次郎は江戸からやって来たのか」

細野鶴之助は納得したように頷いた。

「青柳どのの言うとおりであろう」

荻島信次郎は鋭い顔で言い、

「どうやって、駒次郎を『津野屋』から誘き出すか」

と、腕組みをして小首を傾げた。

「もう一度行き、今度は『津野屋』に強引に乗り込みましょうか」

細野鶴之助が意気込んで言う。

「賊が逃げ込んだ可能性があるのです。奉行所の役人を動員して、『津野屋』を包囲し、有無を言わせず、押し入ったらいかがでしょうか」

「いや。そこまですると、津野屋は、怪しい奴が忍び込んでいたとして、その男を始末してしまうかもしれぬ。津野屋にも、用心棒代わりの男がいる。追い詰められたら、何をするかわからない。それが、怖いのだ。だから、さっきもあっさり引き上げるように言ったのだ」

荻島信次郎が表情を曇らせた。

「では、なにも手出しが出来ないのですか」

細野鶴之助が膝に置いた手を握りしめた。

剣之助はふと、駒次郎といっしょに江戸から来た女のことを思い出した。あの女が古谷源助の屋敷に入ったのを時蔵が見ていたのだ。駒次郎と女はいっしょだったはずだ。

その後、ふたりは古谷源助の屋敷から別の場所に移った。そこが、『津野屋』だったのではないか。

いま、『津野屋』には駒次郎と女がいるのだ。

果たして、女は駒次郎の役目を知っているのか。それより、駒次郎はほんとうに役目を果たしたら士分にとりたてられると思っているのだろうか。

なんとか、あの女に会うのだと、剣之助はその手段を考えた。

「青柳どの。何かよい考えがおありか」

荻島信次郎がきいた。

「はい。駒次郎は女といっしょです。敵は、きょうの失敗で、駒次郎での襲撃は諦めるか、あるいは、もう一度、駒次郎を使って襲撃を試みるか」

剣之助は想定されることを口にし、

「駒次郎での襲撃を諦めるなら、駒次郎の口封じを図るでしょう。それは、自分の屋敷内では難しいと思います。なぜなら、女がいっしょだからです。駒次郎ひとりなら、怪しい奴が屋敷に忍び込んだとして殺すことも出来ますが、女もいっしょに殺すことは出来ません。女もいっしょに忍び込んだとするのは不自然です」

剣之助は続けた。

「ですから、これから、『津野屋』に押しかけても、駒次郎を殺す可能性は少ないと思います。ただ、探索を承知しないのではないでしょうか」

「うむ」

荻島信次郎は顔をしかめて頷く。

「ですから、駒次郎の口を封じるなら、屋敷外で行なうのでは。また、改めて襲撃をさせるにしても、あの屋敷に置いておくのは危険だと思っているはず。いずれにしろ、屋敷を抜け出させ、どこか別の場所に身を移させようとするのではないでしょうか」

「なるほど」

荻島信次郎は膝を叩いた。

「逃げ道を開けておくのだな」

「はい」

見張りがいれば、駒次郎は外に出られない。だから、見張りを解き、代わりに、密かに気づかれぬように見張りを置き、駒次郎のあとをつける。剣之助は、そう提案したのだ。

「なるほど。それなら、こっちで密偵を用意いたします」

細野鶴之助が興奮して言う。

「お任せしよう。我らのほうは見張りを解く」

荻島信次郎は愁眉を開いたように力強い声で言った。

剣之助は、いつしか荻島信次郎という男に惹かれている自分に気づいていた。

三

同じ日の昼間、江戸では、剣一郎の身にある危機が訪れていた。

その日、出仕した剣一郎は宇野清左衛門と共に、長谷川四郎兵衛に呼ばれた。

部屋に入って行くと、長谷川四郎兵衛は苦り切った顔で待っていた。

「長谷川どの。青柳どのをお連れ申した」

宇野清左衛門が腰を下ろして言う。

剣一郎は低頭したが、長谷川四郎兵衛は怒りのこもった目を剣一郎に向けているだけで、一言も発しようはしなかった。

いや、頬が細かく震えていたので、言葉を出そうとしているが、すぐに声が出ないのだとわかった。

それは、怒りの大きさを物語っている。なぜ、長谷川どのがこれほどまでに、と思ったとき、剣一郎はあることを悟った。

案の定、やっと口を開いた長谷川四郎兵衛の言葉は、そのことだった。

「青柳どの。いったい、直参の武士に何をしたのか」

怒りに声が震えていたので、最初はよく聞き取れなかった。

「ゆうべ、御小普請支配の本山波右衛門さまから、当奉行所に抗議があった。小普請組飯尾吉太郎に対するいわれなき疑い、及び横暴な振る舞いは断じて許しがたいと、青柳どのを名指しできた」

やはり、そうだった。飯尾吉太郎は上役の御小普請組頭に訴え、組頭がさらにその上の御小普請支配に訴えたのであろう。

御小普請支配の本山波右衛門は三千石の旗本である。

「聞けば、飯尾吉太郎どのの妹御、病に臥し、明日をも知れぬ状態であるのを承知しながら、見舞いにきたから会わせろとの無理難題。妹御はもはや、ひとと会うことは叶わぬ容体」

じっと聞きながら、剣一郎は飯尾吉太郎がここまで手をまわしたことに疑念を持った。いったい、剣一郎の何を恐れているのか。

「青柳どの。聞いておられるのか」

長谷川四郎兵衛が癇癪(かんしゃく)を起こしたように言う。

「聞いております」

「何か、申し開きがあるか」

「いえ。残念ながら、すべて私の勝手な憶測でしかなく、抗弁のしようもございません」

「青柳どの」

宇野清左衛門が剣一郎に向かい、

「青柳どの。存念を申し上げよ」

と、迫った。

「いえ、いくら話したとしても長谷川さまを納得させることは難しいと思います」

「では、認めると言うのだな」

「いえ。認めませんが……」

「ええい、どっちなのだ」

長谷川四郎兵衛はいらだって、

「本山さまは、次の二点を要求してきた。ひとつ、今後、一切、飯尾吉太郎に近づくこと、あいならん。もうひとつ、青柳どのの処分だ」

「処分ですと」

宇野清左衛門が気色ばんだ。

「長谷川どの。処分とは何でござるか」

「先方の要望だ。青柳どのを処分しなければ、向こうは納得しないということだ」

「長谷川どの。この度の件は、わしが青柳どのに思い切ってやれと命じたもの。処分を下すのであれば、青柳どのではなく、このわしだ」

宇野清左衛門は長谷川四郎兵衛に摑みかからんばかりに言う。

「いや。向こうは青柳どのの処分を望んでいるのだ。お奉行も同じ考え」

「なに、お奉行も」

「さよう」

えへんと咳払いをし、長谷川四郎兵衛は剣一郎を見据え、

「青柳どの。お奉行の命令である。これより、三十日間の謹慎を命じる。ただちに、自宅屋敷に引き上げられよ。よいな」

と、大上段から言い放った。

「長谷川どの。ならば、私も謹慎せねばならぬ。お奉行に、そう申されよ。わしも、青柳どのといっしょの処分を受けるとな」

「宇野どの。そなたは困る」

長谷川四郎兵衛はあわてた。

「いや。青柳どのの謹慎が解けるまで、わしも謹慎する。さあ、青柳どの。参ろう」

宇野清左衛門は立ち上がった。

「宇野さま」

部屋を出てから、剣一郎は宇野清左衛門に声をかけた。

「宇野さまがおられなかったら、奉行所は困ります。どうぞ、お考え直しを」

奉行所の最古参である宇野清左衛門は人事から金銭面、その他あらゆることに精通しており、南町の生き字引と言われたひとだ。その宇野清左衛門が謹慎するとなったら、奉行所の仕事の停滞は避けられない。

「いや。青柳どのを処分するなら、このわしが処分を受けるのは当然だ」

一徹(いってつ)な性格で、宇野清左衛門の意志は覆(くつがえ)りそうにもない。

結局、剣一郎は宇野清左衛門といっしょに、供を連れて奉行所をあとにした。

その夜、夕餉のあとで、植村京之進がこっそりやって来た。

座敷で差し向かいになり、京之進が憤慨して言った。

「青柳さまが謹慎などと、いったいお奉行は何をお考えなのでしょうか」

「御小普請支配の抗議に、そうするしかなかったのであろう。だが、さても不思議なのは飯尾吉太郎だ。よほど、妹に会わせたくないものと思える」

剣一郎は暗い気持ちになった。

治療をしている様子がないのはどういうわけか。このままでは、確実に死ぬであろう。飯尾吉太郎は妹の死を望んでいるのだろうか。

「青柳さま。私で出来ることは何かありませぬか」

「今はよけいな真似は出来ない。へたに動き回って、感づかれたらことだ。だが、飯尾吉太郎の香苗という妹が気になる。香苗と親しくしていた者をなんとか探り出してもらいたい。そして、その者に、香苗の見舞いをしてもらいたい」

「畏まりました。さっそく、探してみます」

「頼む。香苗は、一度嫁いでいる。夫が死んで戻って来たようだが、嫁ぎ先の者なら、香苗のことを何か知っているかもしれない。それから」

と、剣一郎は続けた。

「飯尾家に、北川という用人がいる。この用人の素性を調べ上げて欲しい」

「わかりました。では、これで」

そう言い、京之進は引き上げて行った。

剣一郎はひとりになり腕組みをして目を閉じた。

これまでにわかったことを大胆に整理してみた。

最初の二件の押し込みに、香苗が加わっているのだ。香苗が戸を叩き、家人を油断させて戸を開けさせたのだ。

だが、香苗が病気になった。そこで、三件目の押し込みは身軽な清八という男が隣家の屋根から飛び移り、狙った家の庭に侵入して、裏口から忍び込んだ。

この押し込みの一味には、用人の北川も加わっている。小柄を投げたのも北川だ。

だが、一味は尻尾を出さない。飯尾吉太郎らが押し込み犯であるという証拠はまったくなかった。

ただ、奇妙なことに、久住三十郎という飯尾の屋敷に出入りをしていた浪人が、最後の押し込みのあとぐらいから、姿を消しているのだ。

姿を消したといえば、『とみ川』の女中のおむらだ。

「よろしいでしょうか」

多恵がやって来た。

「お茶をお持ちいたしました」

「うむ。すまない」

剣一郎は湯飲みを手にした。

謹慎処分になったと告げても、多恵は顔色ひとつ変えずに、こう言った。

「では、少しはお楽に出来ますね。きっと働きづめなので、少しお休みしなさいという天の声かもしれませんね」

その一言で救われた。

おそらく、飯尾吉太郎は用心して何もことを起こさないだろう。だとしたら、飯尾吉太郎の罪を暴く機会はずっとないということになる。

勇み足という汚名を雪（すす）ぐことは出来ない。飯尾吉太郎の勝ちという結果で終わってしまう。

いや、飯尾吉太郎のことより、香苗とおむらのことが気がかりだ。ふたりとも、死に直面するような事態になっていると思われてならないのだ。

なんとか、ふたりを助けたい。だが、剣一郎にはどうする術（すべ）もなかった。

気づかぬうちに、吐息が漏れていた。

出の遅くなった月が上がって来た。

剣之助はどうしているであろうか。ふと、剣一郎は遠い酒田に思いを巡らせた。

この夜、剣之助が世話になっている『万屋』で、飯尾吉太郎と関わりのある者が押し込み騒ぎを起こすなどとは、剣一郎は知るよしもなかった。

四

ゆうべの騒ぎが一段落して、剣之助がふとんに入ったのは、もう明け方に近かった。少しだけ、眠るつもりだったが、剣之助が目覚めたとき、朝日は高く上っていた。

剣之助はあわてて起きた。

「さきほど、細野さまがいらっしゃって、まだ、動きがないとのことでした」

起きた気配に、志乃がやって来て教えてくれた。

まだ、頭が鮮明に働いていず、何を言っているのかすぐに理解出来なかった。生返事をし、顔を洗ってから、木刀を持って庭に出た。

素振りを繰り返す。木刀を青眼（せいがん）に構える。敵を想定し、間合いを詰めさせる。相手が徐々に間合いを詰めてくる。間境いに入った。が、剣之助の足は止まったままだ。その瞬間、敵が打ち込んでくる。さっと剣之助は木刀を振り上げる。再び、青眼に構え直し、頭の中で、敵に間合いを詰めさせる。それを何度も繰り返すうちに、汗をかき、頭も冴えてきた。

そうだ。ゆうべ、奉行所の役人が『津野屋』を見張っていたはずなのだ。動きがないというのは、誰も、屋敷から出て行った者はないということだと、やっと理解した。

もし、駒次郎と女を屋敷から出すとしたら、今夜かもしれない。

剣之助が心配したのは、奉行所の役人たちは誰も駒次郎と女の顔を知らないことだった。とにかく、怪しい人間のあとをつける。それしか出来ないはずだ。

津野屋は屋敷の周囲に見張りがいることを知っている。その中で、ふたりを外に出すには……。

剣之助は津野屋の立場になって考えた。そして、ある結論に達した。

ようやく木刀を下げ、剣之助は志乃のところに戻った。

昼過ぎに、庄五郎にわけを言って金を借り、剣之助は湊に出掛けた。

御公儀御米置場の蔵が建ち並び、湊にはたくさんの船が停泊している。海船や川船の荷物を積み卸ししている男たちが大勢、働いており、中には何俵もの米俵を背負った女の姿も見受けられた。

剣之助はその界隈を歩きまわった。時蔵を探しているのだ。

鉢巻きに褌一つの男に、時蔵の居場所を訊ね、ようやく、時蔵のいる場所がわかった。

ちょうど、一息ついたところなのか、褌一丁で、赤銅色に日焼けをした男たちが思い思いに休んでいた。

その男たちのところに近づいて行くと、

「あっ、てめえは」

と、けむくじゃらで肩の筋肉が盛り上がった男がたちまち顔を強張らせた。

「ああ、あなたは、あのときの」

駒次郎の連れの女に襲いかかろうとしたごろつきの中にいた男だ。その男の匕首を握っている手首に、剣之助はしたたか手刀を打ちつけたことがあった。そのことを、男は覚えていたようだ。

「何でえ」

男は敵意を剝き出しにした。

「心配ねえよ」

時蔵が出て来て、その男に言い、

「なんですね」

と、剣之助の前にやって来た。

「時蔵さんに頼みがあってやって来たんです」

頰のこけた眉の薄い時蔵が、

「頼みですって」

と、鉢巻きをとって剣之助の前に畏まった。

「この前の女を見張って欲しいのです」

そう切り出し、剣之助は事情を説明した。

「呑み代ぐらいは出しますよ」

「おもしれえ。やろうじゃねえか」

横で聞いていたけむくじゃらの男が真っ先に言った。

「六助、呑み代と聞いて、はりきりやがって」

時蔵は苦笑してから、

「いいですぜ。やりますぜ」

と、真顔になった。

「では、今宵」

時蔵と六助に言い、剣之助は踵を返した。


その夜、剣之助はいつでも外出出来るように、袴姿のまま、横になった。志乃も、身形を整えたままだった。

「志乃。着替えて、横になりなさい」

剣之助はやさしく言う。

「いいえ。だいじょうぶでございます」

夫よりあとに寝て、夫より先に起き、化粧を済ます。そういう武士の妻としてのたしなみを守ろうとしているのか。

「何事もなく、このまま、私も寝てしまうかもしれないのだ」

剣之助は言うが、志乃は笑顔で、だいじょうぶですと言うだけだった。

四つ（午後十時）を過ぎて、それほど間がなかった。細野鶴之助の使いがやって来た。

「いま、男が裏口から出て行きました」

「ごくろうさまです」

使いの者が去ったあと、剣之助は刀を持って外に出た。

「お気をつけて」

志乃の見送りを受けて、剣之助は『万屋』の屋敷を出た。

『津野屋』の裏通りにやって来た。屋敷のまわりには奉行所の見張りの者はいなかった。男と女のあとをつけて行ったのだ。

剣之助は松の樹の陰に向かった。その暗がりに黒い影が揺れた。六助だった。

「いま、時蔵が確かめに行ってますぜ」

「おそらく、替え玉だと思います。あとから、本物が出て来るはずです」

剣之助は想像して言う。

「わかりやした。見逃しはしませんぜ」

六助は『津野屋』の裏口に鋭い目を向けた。

しばらくして、時蔵が息せき切ってやって来た。

「ここから出て行った男を、役人が捕まえました。男は抵抗することなく、素直に捕まりました」

「そうですか。最初から計画のうちなのでしょう」

剣之助は厳しく頷く。

思ったとおりだった。偽者を先に屋敷から出させ、見張りの目を偽者に引きつけさせ、その間にほんものを逃がそうとしたのだ。

それから、四半刻（三十分）も経たずに、裏口の戸が開いた。

まず、浪人体の侍が外に出て、辺りを窺った。やがて、もうひとりの浪人も出てきた。そして、その後ろから笠をかぶった男と女が出て来た。

月明かりの下に出た。笠をかぶった男の背格好は、二度、剣を交えた男に似ている。いや、間違いなかった。女のほうも、一度見かけた女に似ていた。

「あのときの女だ。間違いねえ」

時蔵が言うと、六助も、同じ女だと言った。

駒次郎と連れの女だ、と剣之助は確信した。

男と女をはさむように、ふたりの浪人が付き添い、新井田川のほうに向かった。浪人者は護衛なのか、それとも途中で、駒次郎を斬り捨てるつもりなのか。

剣之助はふたりのあとをつけた。

「時蔵さん。奉行所の細野鶴之助さまのところに走っていただけますか」

「わかりやした」

「新井田川の川原まで来てくださいと。おそらく、奴らはそこでふたりを始末するつもりかもしれないと話してください」

「合点だ」

時蔵が暗がりに向かって走った。

やがて、堤防が見えて来た。その向こうに、新井田川が流れている。

いつぞや、江戸から駒次郎を追って来た久住三十郎以下ふたりが斬られた場所に近い。月は叢雲(むらくも)に隠れ、前を行く四つの影を黒く塗りつぶした。

だが、ぼんやりと影が見える。四つの影は川原に向かった。船が用意してあるとでもいって騙しているのか。ほんとうに、船が待っているのか。

細野鶴之助の到着はまだ先になりそうだった。

「六助さん。応援を待たず、斬り込まなければならないかもしれない。その場合、あのふたりを守っていただけますか。私は浪人の相手になります」

剣之助は緊張した声で言う。

「任せてくれ」

六助が即座に応じた。

また、一瞬、月が顔を出した。そのとき、川っぷちのほうにひと影が見えた。ふたつ、みっつ……。

あっと、剣之助は思った。武士だ。

駒次郎たちの四つの影が散らばるのが見えた。

「いけない。六助さん、頼みます」

剣之助は川原を走った。

雲が切れ、月明かりが射した。

駒次郎が不審を持ったようだ。それに気づいた浪人がすかさず刀を抜いて襲いかかったのだ。

駒次郎も刀を抜いて応戦している。

川っぷちから三人の侍が駆けて来る。

反対側から、剣之助と六助が迫った。

女をかばいながら、駒次郎が後退る。駒次郎が石に躓いて、よろけた。女があわてて支える。そこに、浪人が剣を大上段に構えた。

「待て」

剣之助は叫びながら、剣を抜いて、浪人に斬りかかっていった。ふたりの浪人は虚を衝かれて、あわてて飛び退いた。

剣之助は駒次郎をかばうようにして浪人の前に立ちふさがった。

浪人が態勢を立て直したとき、三人の武士が駆けつけて来た。剣之助の存在に戸惑っているようだった。

「退け。その者は江戸からやって来た盗人だ」

大柄な浪人が叫ぶように言う。

「なぜ、『津野屋』からいっしょに出て来たんです？」

「なに？」

浪人が目を剝き、剣を構えた。

「逃がしてやるとうまいことを言って、ここまで連れ出し、殺そうとした。津野屋さんから始末するように頼まれたのか」

「黙れ」

浪人が上段から斬り込んで来た。

剣之助がそれを軽く弾き返すと、浪人はよろけた。それを見て、川っぷちから駆けつけた三人の武士のうち、ふたりが同時に剣を抜いた。

「あなたたちは、誰の命で動いているのですか。ご城代ですか」

真ん中にいた武士がするすると摺り足で迫り、斬り合いの間に入るや、跳躍するように剣を振り上げて襲って来た。

剣之助は無意識のうちに膝を曲げ、深く腰を落とし、すくい上げるように剣を振り上げた。

相手の剣を弾き返すと、武士はよろけた。

剣之助が態勢を立て直すより先に、別の武士がやはり上段から打ち込んで来た。剣之助は剣を横に構え、鍔元で相手の剣を受け止めた。

剣之助はそのまま相手の剣をぐっと押し上げ、さらに左ひじを高く上げ剣を自分の肩に担ぐような形になってから、柄頭で相手の手首を打ちつけた。

悲鳴を上げて、相手は剣を落とした。

休む間もなく、もうひとりの浪人が剣を振りかぶって斬りかかって来た。剣之助は逆袈裟に斬り上げ、返す刀で袈裟に斬り下げた。

が、そのとき、剣之助は素早く刀の峰を返していた。浪人は肩を押さえて崩れ落ちた。

最後に残っていた小柄な武士が前に出た。刀は鞘に納めたままだ。

刀の柄に手をやり、武士は前かがみになって、すすっと小走りで近づいて来た。居合だ。剣之助は正眼に構え、相手の攻撃を待った。

相手は間境いに入るなり、上体を起こし、抜き付けて、脾腹(ひばら)を襲って来た。だが、剣之助は相手が間境いに入り、抜刀する寸前に後ろに飛び退いていた。そのため、相手の間合いが狂った。相手の鋭い剣尖は剣之助の脾腹に届かなかった。逆に、相手の剣が空を斬ったとき、剣之助の剣が相手の腕を斬っていた。

五人が唖然として立ちすくんでいる。

「すごい。鬼神だ」

六助の声ではなかった。声の主は駒次郎だった。駒次郎と女は観念したように立っていた。

剣之助は随所に、旅の老僧から教わった剣技を使っていたのだ。

そのとき、六助が叫んだ。

「あれは……」

六助が顔を向けているほうを見て、剣之助はあっと声を発した。

折しも、叢雲が月を隠し、漆黒の闇になった川原に、たくさんの提灯の明かりが浮かんでいた。そして、その輪がだんだん狭まって迫って来るのだった。

数日後、細野鶴之助が『万屋』の離れに剣之助を訪ねて来た。

庭に立ったまま、志乃にまぶしげに挨拶をしてから、剣之助が濡れ縁に出て行くのを待って、

「駒次郎がすべて白状した」

と、厳しい顔で言った。

「すべてを白状ですか」

「そうだ。古谷源助がことが済んだら、駒次郎を抹殺するつもりだったということがわかって、俺を騙したかと、一時は荒れ狂いましたが、落ち着きを取り戻すと、すらすら喋（しゃべ）りはじめた」

「そうでしたか」

「駒次郎は小さい頃から剣術を習い、町人になるのは真っ平。きっと侍になるのだと、十八の年に江戸に出て、口入れ屋の世話で中間奉公をしたそうだ」

本来、武家奉公人は、譜代の者が召し抱えられていたが、近頃は武士の家計は困窮し、多くの家来や奉公人を召し抱えておくことが出来ない。

そのために、臨時雇いの奉公人を雇うようになった。駒次郎も、いわゆる渡り中間として、武家奉公人になったのである。

「駒次郎は江戸で、直参の飯尾吉太郎の屋敷に若党として奉公していたとのこと。連れていた女は飯尾吉太郎の妹で香苗という」

やはり、武家の娘だったのかと、志乃の炯眼に改めて感心した。

「飯尾吉太郎は、生活の困窮から、浪人やごろつきを集め、商家への押し込みをさせていた。妹の香苗も駒次郎も何度か押し込みに加わったそうです」

「直参が押し込みの黒幕ですか」

「そういうことだ」

細野鶴之助はさらに続けた。

「そんなとき、子どもの頃から道場でいっしょだった古谷源助から誘いがあった。それが、ある任務を果たせば足軽になれるということだったのだ」

その任務こそ、万屋庄五郎の暗殺だったのだ。

「駒次郎が酒田に帰るとき、香苗に誘いをかけた。そしたら、連れて行ってくれと、香苗が頼んだそうだ。香苗は、押し込みの手伝いをさせられるのがいやで、屋敷を逃げ出したいと思っていたという。それで、ふたり、屋敷を出奔したのだ」

形こそ違え、逃避行という点では、自分の場合と似ていると、剣之助は思った。だが、飯尾吉太郎には、深刻な問題が生じるのだ。

妹が出奔したことを、上役に報告しなければならない。なにしろ、武士は家族といえども勝手な行動は許されないのだ。

また、妹の口から旧悪が明かされる恐れがあった。それは駒次郎とて同じこと。駒次郎の出身が酒田であることを知った飯尾吉太郎は、すぐにふたりを始末すべく追手を向かわせた。それが、久住三十郎だったのだ。

「細野さん。お願いがあるのですが」

剣之助は言った。

「香苗というひとから、押し込み場所と時期、そして仲間の名前を聞き出していただけませんか」

「それは構わぬが」

どうするのだと、細野鶴之助がきいた。

「江戸にいる父に、そのことを知らせてやりたいのです」

「お父上に。青柳どののお父上は江戸で何を？」

「はい。奉行所の与力です」

「なんと。青柳どののお父上が……」

細野鶴之助は目を輝かせた。

て来た。

「承知した」

飛ぶように引き上げて行った細野鶴之助が、その日のうちに詳細を聞き出してやって来た。

「どうぞ」

差し出された書付には、日付と商家の名、そして金額。さらに、押し込みをした仲間の名前が記されていた。

「ありがとうございます」

「それから、小耳にはさんだのだが、『津野屋』は闕所(けっしょ)。しかし、ご城代は……」

「そうですか。ご城代は逃げ延びてしまうのですね」

剣之助は虚しい思いに駆られた。

細野鶴之助が引き上げたあと、気を取り直して、剣之助は文机(ふづくえ)の前に座った。

剣之助は江戸を離れて以来はじめて、父に手紙を書いた。

五

数日後、剣一郎の謹慎は続いていた。

その間、京之進がやって来て、飯尾吉太郎の妹が親しくしていた御家人の妻を探し出し、見舞いに行ってもらったが、やはり会えずに追い返されたという。

ただ、まだ妹は生きているらしいことがわかっただけだった。

また、用人の北川作兵衛は、もともといた譜代の用人が辞めたあと、飯尾吉太郎が新たに雇った男だという。素性ははっきりしないという。

その日の昼下がり、剣一郎の竹馬の友である橋尾左門が徳利を抱えてやって来た。

「退屈だろうと思ってな」

左門は剣一郎の前で遠慮なくあぐらをかいた。

「多恵どの。すまぬ。茶碗を頼む」

左門は吟味方与力である。奉行所にいるときは、吟味方与力という顔で、まったく融通のきかない男だが、一歩奉行所から離れると、急に砕ける。

「はい。お待たせいたしました」

多恵が茶碗を持って来た。

「これは、どうも」

左門は茶碗を受け取ると、剣一郎に渡し、徳利の酒を注ぎはじめた。

いっぱいになると、今度は自分のに注ぐ。

「さあ、きょうは大いに呑もう。時間はたっぷりある」

「仕事は？」

「非番だ」

「宇野さまも、まだ出ていないようだが」

剣一郎は胸を痛めてきいた。

「そう。長谷川どのが奉行所でおろおろしている。宇野さまがいなければ、何事にも差し障り(さわ)が出ていて、お奉行からも長谷川どのは叱責(しっせき)を受けたらしい。みな、いい気味だと、喝采(かっさい)を送っている」

「しかし、笑い事ではない。宇野さまがいないと奉行所の仕事は停滞してしまう。なんとか、宇野さまには出仕してもらわぬと」

剣一郎はため息をついた。

「宇野さまは頑固だからな。きのうは長谷川さまがお屋敷まで説得しに行ったそうだ。だが、青柳どのと一緒でないと出仕はしないと断ったらしい」

「ほんとうに頑固なお方だ」

剣一郎は苦笑した。

「ただな」

　左門が声をひそめた。

「ただ？」

「うむ。今度、お奉行が直々に宇野さまのお屋敷に出向いて、説き伏せるそうだ」

「ほう、お奉行が直々に」

　剣一郎は笑い、

「それだったら、宇野さまも出仕せざるを得まい」

「さあ、どうだかな。あの頑固者だ。おいそれと、降伏するとは思われぬが」

　廊下に足音がした。

「酒田より早飛脚でございます」

　多恵の声も少し上擦っていた。酒田からの早飛脚に何事かと胸騒ぎを覚えたのであろう。それは剣一郎も同じだった。

　剣之助の身に何か。剣一郎は急いで玄関に向かった。

　尻端折りに草鞋（わらじ）履きの飛脚屋が書状を差し出した。

「ごくろう」

　受け取るとき、剣一郎は珍しく手が震えた。

　すぐに、その場で封を切った。

時候の挨拶、家族の健康を慮(おもんぱか)りの言葉に続き、剣之助の心情が述べられていた。

――酒田に参りましてより、お父上さま、お母上さま、そして、妹るいのことを思わざる日はなきにござ候。我が身の勝手な振る舞いにて、ただならぬご迷惑をおかけしたこと、まことに申し訳なく存じ候。なんとお詫びを申してよいか、いまはまだ申し上げるべき言葉も見いだせずに……。

剣之助の詫び状であった。が、読み進めるうちに、剣一郎の顔色が変わった。

「まさか、剣之助の身に何か」

日頃は冷静な多恵が、めずらしく切羽詰まったような声をかけた。

「剣之助に大事はない」

剣一郎も興奮してきた。

読み終えると、

「すぐ出掛ける」

剣一郎はさっさと奥の部屋に戻った。

「剣一郎、何があったのだ」

左門がきく。

「これを見ろ」

剣一郎は手紙を左門に渡し、さっさと着替えに入った。

その間にも、若党の勘助を植村京之進のところに使いに出し、さらに、駕籠を呼ぶように命じた。

「では、行って来る」

着流しに二本差し、剣一郎は多恵と左門に見送られて、駕籠に乗り、本所南割下水に急いだ。


西日が飯尾吉太郎の屋敷の冠木門に当たっている。

剣一郎は門を叩き、扉が開くと、素早く中に入った。

「あっ、なにをなさる」

門番代わりの下男が騒いだ。

それを無視して、剣一郎は玄関に向かった。

「飯尾どの。居られるか。青柳剣一郎だ」

足音がして出て来たのは用人の北川だ。

「北川どのか。飯尾どのは？」

「なんだ、騒々しい」

奥から荒々しい声がして、飯尾吉太郎が出て来た。

「謹慎をおおせつかった者が、しゃしゃりでて来よって。あとで、お咎めを被るぞ」

「飯尾どの。きょうはどうしても香苗どのにお目にかからせていただく」

「なに」

剣一郎は式台に足をかけた。

「無礼者。下がれ」

「いや、下がりませぬ」

剣一郎が座敷に上がろうとすると、用人の北川が剣一郎の前に立ちはだかった。

「通しません」

「どけ。どかぬなら、力ずくで通る」

「この不浄役人め。出会え。狼藉者だ」

「静かになされよ。飯尾吉太郎」

剣一郎は一喝した。その裂帛の気合に臆したのか、飯尾吉太郎は後退った。

「もとより、責めは覚悟の上で参上した。飯尾吉太郎。よく聞け」

剣一郎は鋭い声で続けた。

「そなたの妹香苗どのは、いま酒田の御町奉行所によって保護されている。駒次郎と共にな」

飯尾吉太郎の顔色が変わった。

「すべて、香苗どのが白状した。ふたりを追った久住三十郎以下三人は斬られて死んだそうだ。もはや、言い逃れは出来ぬところ。さあ、この上はおとなしくなされよ」

飯尾吉太郎の顔が醜く歪んだ。

そのとき、奥から出て来た浪人が抜き打ちに斬りかかってきた。剣一郎は体を開いて身をかわし、その手首に扇子を打ちつけた。

呻き声を発して、浪人は刀を落とした。

「奥に案内してもらおう」

剣一郎は飯尾吉太郎に迫った。

「すべては終わったのだ。飯尾どの。この上は見苦しくなきよう振る舞われよ。さあ、おむらのところに案内してもらおうか」

飯尾吉太郎は白目を剝いた。

立ちすくんでいる飯尾吉太郎の脇をすり抜け、剣一郎は薄暗い廊下を奥に向かった。

突き当たりの部屋の襖を開ける。すえたような匂いが鼻を襲った。小窓からの薄明かりの中に、横たわっている女の姿が見えた。

剣一郎は駆け寄った。

「おむら。しっかりしろ」

剣一郎はおむらの顔を覗き込む。頬がこけ、目が飛び出して、息づかいも弱い。だが、生きていた。

剣一郎は雨戸を開け、外の光と風を入れた。

外が騒がしくなった。

京之進が庭づたいに現われた。

「医者を連れてきました」

「ごくろう」

京之進の後ろから医者がやって来た。

「さあ、早く、手当てを」

医者は廊下から上がり、おむらのもとに急いだ。

おむらの体を診ていた医者が難しい顔を上げた。

「毒が体にまわっております。あと一日遅かったら、手遅れになっていたでしょう」

「では、助かるのか」

剣一郎は愁眉を開いてきいた。

「はい。解毒剤を与え、栄養をとりさえすれば。少し時間はかかると思いますが」

医者の声が聞こえたのか、おむらが微かに薄目を開けた。

そのとき、旦那さま、という悲鳴が聞こえた。

「あれは北川の声だ」

剣一郎は声のほうに急いだ。

その部屋の襖を開けると、飯尾吉太郎が腹を切ったあとだった。傍らで、用人の北川が呆然（ぼうぜん）としている。

「飯尾どの」

剣一郎は駆け寄った。

「そなたの勝ちだ」

苦しい息の下から、飯尾吉太郎が言う。

「香苗はわしが無理やり、押し込みを手伝わせたのだ。香苗には罪はない。わしが悪いのだ。なんとか、香苗のことを」

「わかっています。ご安心を」

「すまぬ。おむらには申し訳ないことをしたと思っている」

「おむらは大丈夫です。助かります」

「そうか。よかった」

そう言ったあと、飯尾吉太郎は呻き声を発し、体を折った。

剣一郎は合掌した。


数日後、剣一郎は謹慎が解けて、久しぶりに出仕した。

宇野清左衛門も出仕していて、剣一郎と差し向かいになった。

「やはり、奉行所はいいものだ」

宇野清左衛門は気難しい顔を一瞬、綻(ほころ)ばせた。

「私のために、ご迷惑をおかけいたしました。お詫びを申し上げます」

「何を言うか。はじめから、責任はわしがとると言ってあったはず」

残りの仲間も、きのうまでにすでに捕まり、駒次郎と香苗は江戸に送られてくることになっている。

宇野清左衛門は身を乗り出してから、

「で、おむらの様子はいかがだ」

と、心配そうにきいた。

「だいぶ、回復してきているようです。もう、心配ないということです」

「それはよかった。それにしても、おむらが香苗どのに似ていたのが不幸だったというわけか」

「はい。雰囲気はまったく違うのですが、顔の形は似ていたようです。ですから、横になれば、気づかれなかったのです」

飯尾吉太郎の妹香苗は兄の所業に嫌気がさし、押し込みの手伝いをさせられることから逃れるために、駒次郎の誘いに乗って家を出たのだ。

駒次郎は酒田の古谷源助の誘いの手紙に乗り、香苗を連れて、飯尾吉太郎の仲間から無断で抜け出た。

ふたりが酒田に行ったことを突き止めた飯尾吉太郎は、ふたりを殺すために、久住三十郎にふたりの仲間をつけて追手として向かわせたのだ。

しかし、飯尾吉太郎には香苗がいなくなったことで、困った問題が生じた。御小普請組頭へ、妹の失踪を届けられなかったのだ。

監督不届きというお咎めを被る可能性がある。また、見つけ出したとしても、押し込みの件をばらされてしまう危険性もある。

そこで、妹を病気ということにして報告していた。ところが、ある日、組頭が飯尾吉太郎の屋敷に来ることになった。

そこで、あわてた飯尾は料理屋『とみ川』の女中おむらに頼んで、三日間だけ、香苗の身代わりになってもらったのだ。おむらは、ただふとんの中で眠っているだけだ。

おむらは、このことを黙っているように、飯尾吉太郎から言い含められていたのだ。

それにしても、なぜ、組頭が飯尾吉太郎の屋敷に行ったのか。おそらく、飯尾吉太郎は盗んだ金を組頭への付け届けに使っていたのではないか。もちろん、お役に就くためだ。その付け届けの額も半端なものではなかったろう。だから、組頭は飯尾吉太郎に目をかけていたのだ。

だが、目をかけられていることが裏目に出る出来事が発生した。組頭が、腕のいい流行り医者を妹のために診立てをさせるというのだ。

対応に窮した飯尾吉太郎は、とんでもないことを考えた。おむらを香苗として病死に見せかけて殺すことだ。

そうやって、密かにおむらを屋敷に呼び、毒を服ませた。

流行り医者が見立てたのは毒を服んだおむらである。以前から病に臥せっていたと聞いていた医者は、まさかきのうきょう毒を服まされたものとは想像もしなかったのだ。

毎日少量の毒を服ませ続け、おむらを病死に見せかける。ほんものの香苗は、久住三十郎によって酒田で殺される。

そういう筋書きを考えたのだ。

「それにしても、このたびの件、第一の手柄は剣之助どのでござるな」

宇野清左衛門が目を細めて言った。

「はい。剣之助に助けられました」

手紙には、一年前、勝手に江戸を離れ、迷惑をかけたことの詫びが記されていた。酒田での暮らしについて特に書かれていなかったが、その行間からも、剣之助の自信に満ちた覚悟のようなものが伝わってきた。

すっかりたくましく、おとなになった剣之助にいつ会えるのか、剣一郎はその日が待ち遠しかった。まだ見ぬ酒田の町を、剣之助と志乃が仲むつまじく歩いて行く姿がふと脳裏を掠め、覚えず剣一郎は口許を緩めていた。

一〇〇字書評

詫び状

切・り・取・り・線

購買動機（新聞、雑誌名を記入するか、あるいは○をつけてください）	
□（　　　　　　　　　　）の広告を見て	
□（　　　　　　　　　　）の書評を見て	
□ 知人のすすめで	□ タイトルに惹かれて
□ カバーが良かったから	□ 内容が面白そうだから
□ 好きな作家だから	□ 好きな分野の本だから

・最近、最も感銘を受けた作品名をお書き下さい

・あなたのお好きな作家名をお書き下さい

・その他、ご要望がありましたらお書き下さい

住所	〒				
氏名		職業		年齢	
Eメール	※携帯には配信できません	新刊情報等のメール配信を 希望する・しない			

この本の感想を、編集部までお寄せいただけたらありがたく存じます。今後の企画の参考にさせていただきます。Eメールでも結構です。

いただいた「一〇〇字書評」は、新聞・雑誌等に紹介させていただくことがあります。その場合はお礼として特製図書カードを差し上げます。

前ページの原稿用紙に書評をお書きの上、切り取り、左記までお送り下さい。宛先の住所は不要です。

なお、ご記入いただいたお名前、ご住所等は、書評紹介の事前了解、謝礼のお届けのためだけに利用し、そのほかの目的のために利用することはありません。

〒一〇一－八七〇一
祥伝社文庫編集長　坂口芳和
電話　〇三（三二六五）二〇八〇

祥伝社ホームページの「ブックレビュー」からも、書き込めます。
www.shodensha.co.jp/bookreview

祥伝社文庫

詫び状　風烈廻り与力・青柳剣一郎

平成21年10月20日　初版第1刷発行
令和2年7月20日　第4刷発行

著者　小杉健治
発行者　辻　浩明
発行所　祥伝社
東京都千代田区神田神保町3-3
〒101-8701
電話　03（3265）2081（販売部）
電話　03（3265）2080（編集部）
電話　03（3265）3622（業務部）
www.shodensha.co.jp

印刷所　堀内印刷
製本所　ナショナル製本

本書の無断複写は著作権法上での例外を除き禁じられています。また、代行業者など購入者以外の第三者による電子データ化及び電子書籍化は、たとえ個人や家庭内での利用でも著作権法違反です。
造本には十分注意しておりますが、万一、落丁・乱丁などの不良品がありましたら、「業務部」あてにお送り下さい。送料小社負担にてお取り替えいたします。ただし、古書店で購入されたものについてはお取り替え出来ません。

Printed in Japan ©2009, Kenji Kosugi ISBN978-4-396-33537-3 C0193

祥伝社文庫の好評既刊

小杉健治
黒猿（くろましら）
風烈廻り与力・青柳剣一郎㉕

倅・剣之助が無罪と解き放った男に新たに付け火の容疑が。与力の誇りをかけて、父・剣一郎が真実に迫る！

小杉健治
青不動
風烈廻り与力・青柳剣一郎㉖

札差の妻の切なる想いに応え、探索に乗り出す剣一郎。しかし、それを阻むように息つく暇もなく刺客が現れる！

小杉健治
花さがし
風烈廻り与力・青柳剣一郎㉗

少女を庇い、記憶を失った男に迫る怪しき影。男が見つめていた藤の花に秘められた想いとは……剣一郎奔走す！

小杉健治
人待ち月
風烈廻り与力・青柳剣一郎㉘

二十六夜待ちに姿を消した姉を待ち続ける妹。家族の悲哀を背負い、行方を追う剣一郎が突き止めた真実とは!?

小杉健治
まよい雪
風烈廻り与力・青柳剣一郎㉙

かけがえのない人への想いを胸に、佐渡から帰ってきた鉄次と弥八。大切な人を救うため、悪に染まろうとするが……。

小杉健治
二十六夜待

市井に隠れ棲む、過去に疵のある男と岡っ引きの相克。情と怨讐を描く、傑作時代小説集。

祥伝社文庫の好評既刊

小杉健治
黒猿（くろましら） 風烈廻り与力・青柳剣一郎㉕
倅・剣之助が無罪と解き放った男に新たに付け火の容疑が。与力の誇りをかけて、父・剣一郎が真実に迫る！

小杉健治
青不動 風烈廻り与力・青柳剣一郎㉖
札差の妻の切なる想いに応え、探索に乗り出す剣一郎。しかし、それを阻むように息つく暇もなく刺客が現れる！

小杉健治
花さがし 風烈廻り与力・青柳剣一郎㉗
少女を庇（かば）い、記憶を失った男に迫る怪しき影。男が見つめていた藤の花に秘められた想いとは……剣一郎奔走す！

小杉健治
人待ち月 風烈廻り与力・青柳剣一郎㉘
二十六夜待ちに姿を消した姉を待ち続ける妹。家族の悲哀を背負い、行方を追う剣一郎が突き止めた真実とは!?

小杉健治
まよい雪 風烈廻り与力・青柳剣一郎㉙
かけがえのない人への想いを胸に、佐渡から帰ってきた鉄次（てつじ）と弥八（やはち）。大切な人を救うため、悪に染まろうとするが……。

小杉健治
二十六夜待
市井に隠れ棲（す）む、過去に疵（きず）のある男と岡っ引きの相克。情と怨讐を描く、傑作時代小説集。

祥伝社文庫

詫び状（わびじょう） 風烈廻り与力（ふうれつまわりよりき）・青柳剣一郎（あおやぎけんいちろう）

平成21年10月20日　初版第1刷発行
令和 2 年 7 月20日　　　第4刷発行

著　者　小杉健治（こすぎけんじ）
発行者　辻　浩明
発行所　祥伝社（しょうでんしゃ）
東京都千代田区神田神保町3-3
〒101-8701
電話　03（3265）2081（販売部）
電話　03（3265）2080（編集部）
電話　03（3265）3622（業務部）
www.shodensha.co.jp

印刷所　堀内印刷
製本所　ナショナル製本

本書の無断複写は著作権法上での例外を除き禁じられています。また、代行業者など購入者以外の第三者による電子データ化及び電子書籍化は、たとえ個人や家庭内での利用でも著作権法違反です。
造本には十分注意しておりますが、万一、落丁・乱丁などの不良品がありましたら、「業務部」あてにお送り下さい。送料小社負担にてお取り替えいたします。ただし、古書店で購入されたものについてはお取り替え出来ません。

Printed in Japan ©2009, Kenji Kosugi ISBN978-4-396-33537-3 C0193